中等职业学校教学用书

会计信息化基础

（用友版）

陈忠山　主编

電子工業出版社

Publishing House of Electronics Industry

北京·BEIJING

内 容 简 介

本书以财政部 2007 年颁布的《企业会计制度》为依据，参照财政部"会计专业技术资格考试大纲"和"会计实务"教学大纲，依托"用友通"财务软件 10.2 版本编写，以企业会计业务主要过程中的典型应用为主线，阐述会计信息化基础知识，培养学生系统运用所学知识独立进行会计财务软件操作的能力。

全书分为 9 个项目模块，包括会计信息系统软件安装及运行、系统管理、基础档案设置、账务处理系统初始化、凭证管理、账簿管理、出纳管理、报表管理和综合实验。

本书可作为中等职业学校计算机技术专业及财经类专业教材，也可作为各类培训班和自学参考用书。

图书在版编目（CIP）数据

会计信息化基础：用友版 / 陈忠山主编. —北京：电子工业出版社，2011.9

中等职业学校教学用书

ISBN 978-7-121-14695-4

I. ①会… II. ①陈… III. ①会计—应用软件—中等专业学校—教材 IV. ①F232

中国版本图书馆 CIP 数据核字（2011）第 197624 号

策划编辑：关雅莉
责任编辑：杨　波
印　　刷：涿州市京南印刷厂
装　　订：涿州市桃园装订有限公司
出版发行：电子工业出版社
　　　　　北京市海淀区万寿路 173 信箱　邮编　100036
开　　本：787×1092　1/16　印张：8.5　字数：217.6 千字
印　　次：2011 年 9 月第 1 次印刷
印　　数：4 000 册　　定价：20.00 元（含 CD 光盘 1 张）

前　言

随着会计信息化的发展和普及，我国大专院校及中等职业学校的会计信息化教育也在不断加强。为适应计算机技术专业和财会专业电算化教学的要求，我们参照财政部"会计专业技术资格考试大纲"和"会计实务"教学大纲，依托"用友通"财务软件编写了这本教材。本书以"用友通"10.2 版财务软件的应用为主线编写。本书案例力求体现内容的科学性、先进性、适用性和实用性。

全书分为 9 个项目模块，第 1～第 4 项目模块介绍会计信息系统软件安装及试运行、系统管理、基础档案设置、账务处理系统初始化。第 5～第 8 项目模块主要介绍凭证管理、账簿管理、出纳管理、报表管理等会计核算主要过程的系统模块，是本课程的必学内容。第 9 项目模块通过一个企业的实际业务，综合练习会计财务软件操作技能。

建议财会专业使用本书的参考教学时数为 54 学时，安排在二年级上学期或下学期完成。从第 5 模块的凭证管理到第 8 模块的报表管理，各项目的任务具有相对的模块独立性，各教学单位根据不同专业需要可作适当调整。本书最后一个模块配套的实战练习不再另外分配课时，各教学单位可根据教学需要灵活安排。

本书项目模块 1～3、项目模块 5～9 由陈忠山编写，第 4 项目模块由林兰荣编写；全书由陈忠山、林兰荣统稿；陈忠山担任主编。本书在编写过程中，得到用友软件股份有限公司福州分公司的大力支持和帮助，以及其他老师、领导的支持和帮助，在此一并致谢。

由于时间仓促和水平有限，书中不妥之处在所难免，敬请读者不吝指正。

为了方便教师教学和读者自学，本书配有 CD 教学资料光盘，提供全部案例的账套素材文件；本书还配有教学指南、电子教案，请有此需要的读者登录华信教育资源网（http：www.hxedu.com.cn）免费注册后进行下载，有问题时请在网站留言或与电子工业出版社联系（E-mail：hxedu@phei.com.cn）。

编　者
2011 年 7 月

目 录

项目模块 1　软件安装及运行 ……………………………………………………… 1

　　任务 1：安装"用友通"10.2 版会计电算化信息系统 ……………………… 2

　　任务 2："用友通"系统的运行 …………………………………………… 3

项目模块 2　系统管理 …………………………………………………………… 5

　　任务 3：设置操作员 …………………………………………………………… 6

　　任务 4：账套管理 …………………………………………………………… 8

　　任务 5：设置操作员权限 ………………………………………………… 15

项目模块 3　基础档案设置 ……………………………………………………… 17

　　任务 6：基本信息设置 ……………………………………………………… 19

　　任务 7：机构设置 …………………………………………………………… 19

　　　　子任务 7.1：部门档案 ……………………………………………… 19

　　　　子任务 7.2：职员档案 ……………………………………………… 21

　　任务 8：往来单位设置 ……………………………………………………… 22

　　　　子任务 8.1：地区分类 ……………………………………………… 22

　　　　子任务 8.2：客户分类 ……………………………………………… 23

　　　　子任务 8.3：客户档案 ……………………………………………… 23

　　　　子任务 8.4：供应商分类 …………………………………………… 26

　　　　子任务 8.5：供应商档案 …………………………………………… 27

　　任务 9：收付结算 …………………………………………………………… 27

　　　　子任务 9.1：结算方式 ……………………………………………… 27

　　　　子任务 9.2：付款条件（现金折扣条件） ………………………… 28

　　任务 10：财务 ……………………………………………………………… 29

　　　　子任务 10.1：凭证类别 ……………………………………………… 29

　　　　子任务 10.2：外币种类设置 ………………………………………… 31

　　任务 11：常用摘要设置 …………………………………………………… 32

项目模块 4　账务处理系统初始化设置 ……………………………………… 34

　　任务 12：会计科目设置 …………………………………………………… 34

　　　　子任务 12.1：增加会计科目 ………………………………………… 37

　　　　子任务 12.2：修改会计科目 ………………………………………… 39

　　　　子任务 12.3：删除会计科目 ………………………………………… 40

　　　　子任务 12.4：查找会计科目 ………………………………………… 41

　　　　子任务 12.5：指定科目 ……………………………………………… 41

任务 13：总账系统选项设置 ·· 42

任务 14：明细账权限设置 ·· 44

　　子任务 14.1：明细账科目权限设置 ······························ 44

　　子任务 14.2：凭证审核权限设置 ································ 45

　　子任务 14.3：制单科目权限设置 ································ 46

任务 15：期初数据录入 ·· 46

　　子任务 15.1：录入一般科目的期初数据 ·························· 47

　　子任务 15.2：录入往来辅助核算科目的期初数据 ·················· 48

项目模块 5　凭证管理 ·· 50

任务 16：凭证处理 ·· 50

　　子任务 16.1：填制凭证 ·· 52

　　子任务 16.2：修改记账凭证 ···································· 54

　　子任务 16.3：记账凭证的作废与删除 ···························· 55

　　子任务 16.4：记账凭证的查询 ·································· 56

　　子任务 16.5：科目汇总 ·· 58

　　子任务 16.6：模式凭证 ·· 59

任务 17：记账凭证的出纳签字 ·· 60

任务 18：记账凭证的审核与记账 ······································ 62

　　子任务 18.1：记账凭证的审核 ·································· 62

　　子任务 18.2：记账凭证的记账 ·································· 64

　　子任务 18.3：记账凭证的反记账 ································ 66

任务 19：期末处理 ·· 67

　　子任务 19.1：自定义转账凭证 ·································· 67

　　子任务 19.2：期末汇兑损益 ···································· 69

　　子任务 19.3：期间损益结转 ···································· 71

项目模块 6　账簿管理 ·· 75

任务 20：对账与结账 ·· 75

　　子任务 20.1：对账 ·· 75

　　子任务 20.2：结账 ·· 76

任务 21：基本会计核算账簿管理 ······································ 78

　　子任务 21.1：查询总账 ·· 78

　　子任务 21.2：查询明细账 ······································ 79

　　子任务 21.3：查询序时账 ······································ 81

　　子任务 21.4：查询日记账 ······································ 83

　　子任务 21.5：查询发生额及余额表 ······························ 84

　　子任务 21.6：查询科目汇总表 ·································· 85

　　子任务 21.7：查询多栏账 ······································ 86

　　子任务 21.8：查询日报表 ······································ 88

　　子任务 21.9：打印账簿 ·· 90

任务 22：往来辅助账的管理 ·· 91

   子任务 22.1：往来客户余额表查询 ································· 91

   子任务 22.2：往来客户明细账查询 ································· 92

   子任务 22.3：往来两清 ·· 93

   子任务 22.4：往来催款单 ·· 95

   子任务 22.5：往来账龄分析 ·· 96

  任务 23：个人往来辅助账的管理 ····································· 97

  任务 24：部门辅助账的管理 ··· 98

项目模块 7 出纳管理 ·· 101

  任务 25：出纳系统初始化 ··· 101

  任务 26：出纳日记账查询 ··· 103

  任务 27：银行对账 ··· 105

   子任务 27.1：录入银行对账单 ····································· 105

   子任务 27.2：银行对账处理 ·· 107

   子任务 27.3：银行存款余额调节表 ································· 109

   子任务 27.4：银行存款对账勾对情况查询及对账核销 ·············· 110

  任务 28：支票管理 ··· 111

项目模块 8 报表管理 ·· 114

  任务 29：生成统一会计核算报表 ····································· 115

  任务 30：自定义报表 ··· 118

项目模块 9 综合实验 ·· 122

  任务 31：会计财务软件操作技能综合训练 ····························· 122

项目模块 1

软件安装及运行

 **项目功能**

用友通系统的基本功能。

用友通系统的安装。

用友通系统的运行。

学习目标

学习完本项目模块，学员可以具备用友会计财务软件的安装和系统管理员的操作技能，这是采用"用友通"财务电算化系统的财务管理人员所必备的岗位技能。

相关概念

本项目模块涉及的概念。

软件（Software）：是一系列按照特定顺序组织的计算机数据和指令的集合。软件并不只是包括可以在计算机上运行的程序，与这些程序相关的文档一般也被认为是软件的一部分。简单的说软件就是程序加文档的集合体。软件是用户与硬件之间的接口界面。

系统（System）：是指为实现特定功能或达到某一目标而构成的相互关联的一个集合体。系统能根据预先编排好的规则工作，能完成个别元件不能单独完成的工作的群体。

会计信息系统（Acounting Information System，AIS）：是利用信息技术对会计信息进行采集、存储和处理，完成会计核算任务，并能提供为进行会计管理、分析、决策用的辅助信息的系统。

会计信息化：是指将会计信息作为管理信息资源，全面运用计算机、网络通信为主的信息技术对其进行获取、加工、传输、应用等处理，为企业经营管理、控制决策和经济运行提供充足、实时、全方位的信息系统。

会计信息化是信息社会的产物，是未来会计的发展方向。会计信息化不仅仅是将计算机、网络、通信等先进的信息技术引入会计学科，与传统的会计工作相融合，在业务核算、财务处理等方面发挥作用，它还包含有更深的内容，如会计基本理论信息化、会计实务信息化、会计教育信息化、会计管理信息化等。会计信息化是企业管理信息化的一个重要组成部分。

"用友通"标准版系统功能数据流程示意图，如图 1-1 所示。

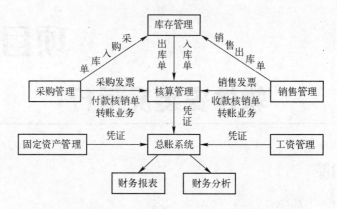

图 1-1 "用友通"标准版系统功能数据流程示意图

"用友通"标准版是一款财务业务一体化软件，以业务管理为导向，财务核算为主轴，将企业财务管理与业务控制高度集成而形成的一个一体化管控信息平台。"用友通"标准版10.2 由总账、往来管理、现金银行、项目管理、财务报表、工资、固定资产、采购、销售、库存、核算、财务分析等模块组成。

任务 1：安装"用友通" 10.2 版会计电算化信息系统

任务目标：掌握"用友通"10.2 版会计电算化信息系统的安装技能。

知识链接："用友通"会计电算化信息系统是用微软的 SQL 数据库来保存账套数据的。因此在安装"用友通"标准版本之前，必须要先安装微软公司的 SQL Server 数据库。用户可以安装专业版本 SQL SERVER 2000，也可以安装简化版本 MSDE2000。"用友通"安装盘上提供了 MSDE 2000 安装程序供用户使用。

 操作步骤

1. 安装 MSDE 2000

① 打开"用友通"软件安装盘，进入"MSDE2000"文件夹。

② 用鼠标左键双击  文件图标，根据系统提示，默认安装即可。

● 机器名不能带"-"字符，不能是中文字符。
● 检查磁盘空间，无论应用程序安装在哪个路径下，程序安装后需占用操作系统所在磁盘的 180MB 空间。
● 安装前建议关闭所有的杀毒软件。

2．安装"用友通"标准版 10.2

① 用鼠标左键单击光盘自运行安装初始界面的"用友通标准版 10.2"选项或用鼠标左键双击运行安装盘下的 Setup.exe 安装文件，进入"用友通标准版"安装初始界面，如图 1-2 所示。

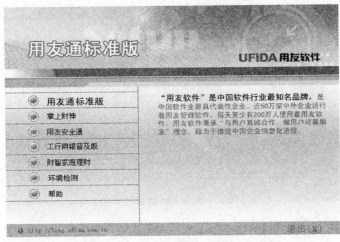

图 1-2 "用友通标准版"安装初始界面

② 根据安装向导提示，选择默认的安装设置。

③ 在安装完成对话框中选择"是，立即重新启动计算机。"选项，如图 1-3 所示。

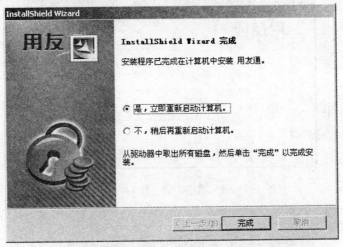

图 1-3 用友通标准版安装界面

任务 2："用友通"系统的运行

任务目标：掌握"用友通"会计电算化信息系统的运行。

知识链接："用友通"财务软件是由多个产品组成，各个产品之间相互联系，数据共享，完整实现财务、业务一体化的管理。因此，"用友通"软件通过设置一个"系统管理"模块对所属的各个产品进行统一地操作管理和数据维护。通过"系统管理"模块，提供了公用的基础作息，对操作员和操作权限进行集中管理。

 操作步骤

① 用鼠标左键双击桌面上的 文件图标，出现"用友通〖系统管理〗"界面，如图1-4所示。

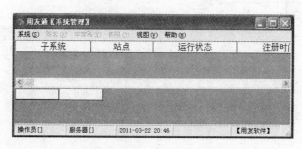

图1-4　用友通〖系统管理〗界面

② 选择"系统"菜单下的"注册"命令，在这里系统允许用户可以以系统管理员的身份，也可以以账套主管的身份注册进入系统管理。本案例以系统管理员的身份进入，即"admin"，默认密码为空，如图1-5所示。

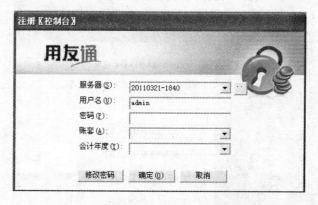

图1-5　用友通"注册〖控制台〗"界面

③ 进入"用友通〖系统管理〗"的"控制台"界面，如图1-6所示。

图1-6　用友通〖系统管理〗的"控制台"界面

项目模块 2

系 统 管 理

 项目功能

统一管理操作员及其权限。

统一管理账套，包括建立、修改、引入和输出。

 学习目标

学习完本项目模块，学员可以具备系统管理员的操作技能，是采用"用友通"财务电算化系统的财务管理人员所必备的岗位技能。

 相关概念

本项目模块涉及的概念。

账套： 是指一组相互关联的数据。每一个独立核算的单位或部门（会计主体）都可以在会计电算化系统中建立一套各自独立的完整的账簿体系，这一完整的账簿体系在电算化系统中就称为账套。

> 提示　电算化系统中的账套，实际上就等同于手工系统中的财务室，一个账套就等同于一个财务室。

操作员： 是指具备操作会计电算化系统权限的相关人员，区别于其他功能模块中的"职员"。

系统管理员： 负责整个系统的维护工作，对系统管理模块具有操作权限，不能操作具体的账套，除非系统管理员兼任账套管理员。

账套管理员： 对所负责的账套进行相关的操作，不能增加操作员，但对本账套的操作员可进行权限设置。

现代化信息系统的一个突出特点就是信息共享，然而各信息的来源一般是相对独立的，就会计电算化信息系统而言，其财务数据来自于企业各个不同的层面，这就需要一个总的控制台来担任起数据串联的作用，以实现企业的一体化管理。"用友通"财务软件中的"系统管理"模块就是这样的一个控制台，借助"系统管理"，实现了财务工作的分工与数据的共享。

操作流程

第一次使用"用友通"财务电算化系统的人员，可参照如图 2-1 所示的步骤进行操作。

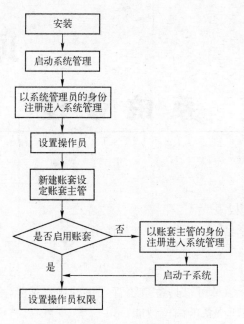

图 2-1　系统管理操作流程图

任务 3：设置操作员

任务目标：掌握操作员增加、删除及修改的操作技能。

知识链接：为了保证系统及数据的安全与保密，电算化系统基本上都提供了操作员设置功能，以便在计算机系统上进行操作分工及权限控制。系统管理员和账套的会计主管通过对系统操作的分工和权限的管理，一方面可避免与业务无关的人员对系统进行操作，另一方面可以对系统所含的各个子产品的操作进行协调，以保证系统的安全与保密。

案例数据：操作员及其权限如下表所示。

编　号	姓　名	所属部门	角　色	权　限
3301	张玲	财务部	账套主管	账套主管的全部权限
3302	李明	财务部	总账会计	"公用目录设置"、"总账"中除了"审核凭证"和"恢复记账前状态""出纳签字"以外的所有权限
3303	陈霖	财务部	公司出纳	"现金管理"、总账系统中"出纳签字"的权限

 操作步骤

1. 以系统管理员的身份注册进入系统管理

① 运行"用友通"软件的"系统管理"模块。

② 选择"系统"下的"注册"命令，在这里系统允许用户可以以系统管理员的身份，也可以以账套主管的身份注册。本案例以系统管理员的身份进入，即 admin，默认密码为

空，如图 2-2 所示。

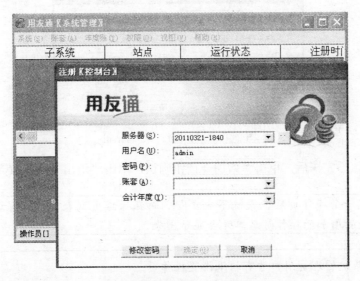

图 2-2 注册登录系统管理控制台

③ 单击"确定"按钮进入系统管理控制台。

2．增加操作员

在"用友通"电算化系统中，只有系统管理员才有权对操作员进行增加、删除和修改操作，而账套管理员只能对所属同一账套的操作员进行权限设置，不能进行操作员的增加、删除和修改。

① 选择系统管理控制台中的"权限"下的"操作员…"命令，打开"操作员管理"对话框，如图 2-3 所示。

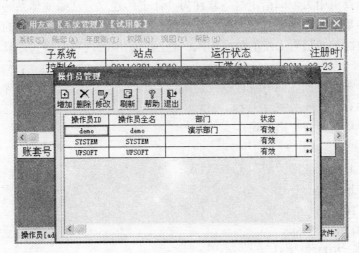

图 2-3 "操作员管理"对话框

② 单击"增加"按钮，系统将弹出"增加操作员"对话框，如图 2-4 所示，用户可根据实际需要填写相关栏目中的内容。

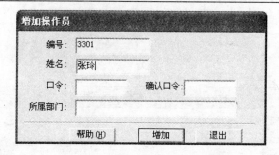

图 2-4 "增加操作员"对话框

③ 各栏目填写完毕后，单击"增加"按钮确认，单击"退出"按钮放弃操作。

注意 在增加完一个操作员后，系统不会立即刷新在操作员列表中，只有退出"增加操作员"对话框后，新增加的操作员名单才会显示出来。

说明 ① 只有系统管理员用户才有权限设置操作员。

② 在进行口令输入时，要保证"口令"和"确认口令"中输入的内容一致，否则，系统将会提示出错。

③ 所设置的操作员用户一旦被引用，便不能被修改和删除。

任务 4：账套管理

任务目标：掌握新账套的建立及修改操作；掌握账套的备份（输出）与恢复（引入）操作。

知识链接：账套是会计电算化信息系统的基础，要进行会计的电算化处理，就必须把手工系统搬到计算机中去，即借用财务软件为会计主体建立一套账簿体系。根据企业的具体情况进行账套参数设置，主要包括会计主体名称、所属行业、电算化系统的启用时间和编码规则等。其参数决定了日后系统的数据输入、处理、输出的内容及格式，具有基础决定性的作用。

案例数据：账套数据（同时进行系统启用设置）。

账套号：033

单位名称：华亿股份有限公司

单位简称：华亿公司

单位地址：北京市西城区西四大街 33 号

法人代表：赵志文

邮政编码：100055

税号：100011010255688

启用会计期：2011 年 3 月

企业类型：工业

行业性质：2007 新会计准则，并按行业性质预设科目

账套主管：张玲

基础信息：该企业有外币核算，进行会计业务处理时，对存货和供应商均不分类，客户进行分类。

分类编码方案：科目编码级次，4222；部门编码，12；客户分类编码，12；其他的按默认设置进行设置。

数据精度：该企业对存货数量、单价小数位确定为 2。

 操作步骤

1. 创建账套

① 在以系统管理员或账套管理员身份登录后，选择"账套"中的"建立"命令，进入建立新单位账套的功能，如图 2-5 所示。

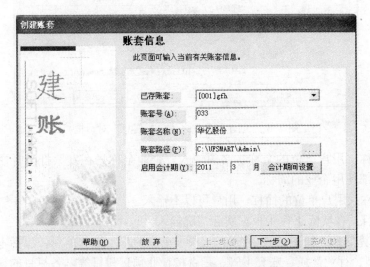

图 2-5　"创建账套"之"账套信息"对话框

② 输入账套信息。如图 2-5 所示，记录新建账套的基本信息，包括已存账套、账套号、账套名称、账套路径、启用会计期和会计期间设置，各栏目的说明如下。

● 已存账套：系统将现有的账套以下拉列表框的形式在此栏目中表示出来，用户只能参照，而不能输入或修改。

● 账套号：用来输入新建账套的编号，用户必须输入。

● 账套名称：用来输入新建账套的名称，用户必须输入。

● 账套路径：用来输入新建账套所要被放置的路径，用户必须输入，但可以参照输入。

● 启用会计期：用来输入新建账套将被启用的时间，具体到"月"，用户必须输入。

● 会计期间设置：用户在输入"启用会计期"后，用鼠标单击"会计期间设置"按钮，弹出"会计期间"设置界面。系统根据前面"启用会计期"的设置，自动将启用月份以前日期的背景色设为蓝色，标识为不可修改的部分；而将启用月份以后的日期（仅限于各月的截止日期，至于各月的初始日期则随上月截止日期的变动而变动）的背景色设置为白色，标识为可以修改的部分，用户可以任意设置。

　　输入完成后，单击"下一步"按钮，进行下一步设置；单击"取消"按钮，取消此次建账操作。

　　③ 输入单位信息。如图 2-6 所示，记录本单位的基本信息，包括单位名称、单位简称、单位地址、法人代表、邮政编码、电话、传真、电子邮件、税号、备注，有关栏目的说明如下。

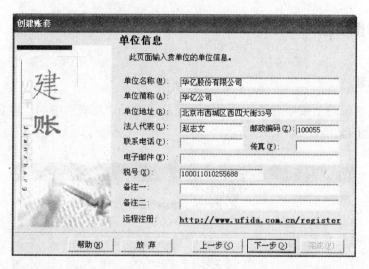

图 2-6 "创建账套"之"单位信息"对话框

- 单位名称：用户单位的全称，必须输入。企业全称只在发票打印时使用，其余情况下，全部使用企业的简称。
- 单位简称：用户单位的简称，用户可以不输入。
- 其他栏目：在实际工作中根据实际情况输入，也可不输入。

　　④ 输入核算信息。如图 2-7 所示，记录本单位的基本核算信息，包括本币代码、本币名称、企业类型、行业性质、账套主管、是否按行业预置科目等，各栏目的说明如下。

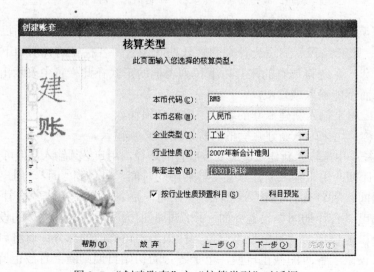

图 2-7 "创建账套"之"核算类型"对话框

- 本币代码：用来输入新建账套所用的本位币的代码，如"人民币"的代码为"RMB"。
- 本币名称：用来输入新建账套所用的本位币的名称，用户必须输入。
- 企业类型：用户必须从下拉列表框中选择输入。
- 行业性质：用户必须从下拉列表框中选择输入。
- 账套主管：用来输入新建账套账套主管的姓名，用户必须从下拉列表框中选择输入。
- 是否按行业预置科目：如果用户希望预置所属行业的标准一级科目，则在该选项前勾选；否则可以不选择。
- 科目预览：单击"科目预览"按钮则显示"行业性质"中所选择行业的会计科目。

⑤ 输入基础信息。如图 2-8 所示，各栏目的说明如下。

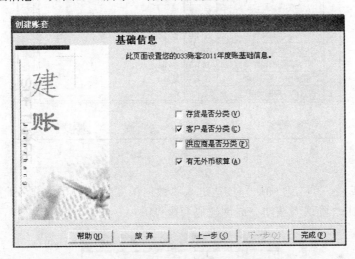

图 2-8 "创建账套"之"基础信息"对话框

- 存货是否分类：如果单位的存货较多，且类别繁多，可以在"存货是否分类"选项前打"√"，表明要对存货进行分类管理；如果单位的存货较少且类别单一，也可以选择不进行存货分类。
- 客户是否分类：如果单位的客户较多，且希望进行分类管理，可以在"客户是否分类"选项前打"√"，表明要对客户进行分类管理；如果单位的客户较少，也可以选择不进行客户分类。
- 供应商是否分类：如果单位的供应商较多，且希望进行分类管理，可以在"供应商是否分类"选项前打"√"，表明要对供应商进行分类管理；如果单位的供应商较少，也可以选择不进行供应商分类。

说明　对存货、客户、供应商，如果用户选择了要分类（在相应栏目前打"√"），在进行基础信息设置时，必须先设置分类，然后才能设置相应档案。如果选择供应商不分类（在相应栏目前不打"√"），在进行基础信息设置时，可以直接设置相应档案。

- 有无外币核算：如果单位有外币业务，可以在此选项前打"√"；否则可以不进行设置。

⑥ 输入完成后，单击"完成"按钮，系统提示"可以创建账套了么？"单击"是"按钮完成建账，并进入"分类编码方案"对话框，如图 2-9 所示，编码级次和各级编码长度的设置将决定用户单位如何编制基础数据的编号，进而构成用户分级核算、统计和管理的基础。用户可根据企业的实际情况来进行设置。

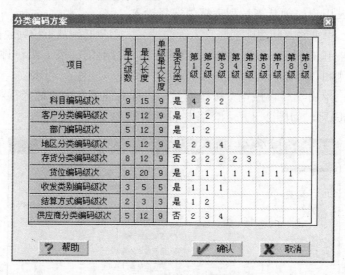

项目	最大级数	最大长度	单级最大长度	是否分类	第1级	第2级	第3级	第4级	第5级	第6级	第7级	第8级	第9级
科目编码级次	9	15	9	是	4	2	2						
客户分类编码级次	5	12	9	是	1	2							
部门编码级次	5	12	9	是	1	2							
地区分类编码级次	5	12	9	是	2	3	4						
存货分类编码级次	8	12	9	否	2	2	2	2	3				
货位编码级次	8	20	5	是	1	1	1	1	1	1	1	1	
收发类别编码级次	3	5	5	是	1	1	1						
结算方式编码级次	2	3	3	是	1	1							
供应商分类编码级次	5	12	9	否	2	3	4						

图 2-9 "分类编码方案"对话框

⑦ 设置完成后，单击"确认"按钮进入"数据精度定义"对话框，如图 2-10 所示，设置完成后，单击"确认"按钮完成创建账套操作。

图 2-10 "数据精度定义"对话框

- 只有系统管理员用户才有权限创建一个新账套。
- "分类编码方案"和"数据精度定义"的设置，用户也可在相应账套中，通过"基础设置"菜单中的"分类编码"及"数据精度"选项来完成。

2. 系统启用

知识链接："用友通"会计信息系统采用模块化的软件设计，用户要使用"用友通"财务软件的功能，必须启用相应的功能模块。用户创建一个新账套后，自动进入"系统启用"对话框，如图 2-11 所示，用户可以一气呵成地完成创建账套和系统启用的操作。

图 2-11　"系统启用"对话框

① 选择要启用的系统，在方框内打"√"，只有账套主管或系统管理员 admin 有系统启用权限。

② 在启用会计期间内输入启用的年、月数据。

③ 单击"确认"按钮，保存此次的启用信息，并将当前操作员写入启用人。

说明　如果在创建账套时没有立即启用系统，用户可以用账套主管的身份注册进入"系统管理控制台"，通过"系统管理"中的"账套-启用"进入，进行系统启用的设置。

3. 账套修改

账套主管可以通过修改账套功能，查看某个账套的账套信息，也可以修改这些账套信息。

① 用户以账套主管的身份注册，选择相应的账套，进入系统管理界面。

② 在"系统管理"对话框中单击"账套"选项，系统自动弹出下级菜单，再将鼠标移动到"修改"上，单击鼠标则进入修改账套的功能，弹出如图 2-6 所示的对话框。

③ 系统自动列出注册进入时所选账套的账套信息、单位信息、核算信息、基础设置信息。账套主管用户可根据自己的实际情况，对允许进行修改的内容进行修改。

④ 单击"完成"按钮，表示确认修改的内容；如放弃修改，则单击"放弃"按钮。

说明　只有账套管理员用户才有权限修改相应的账套。

4. 账套备份（输出）与恢复（引入）

知识链接：备份（输出）账套功能是指将所选的账套数据从系统中备份出来，备份出来的数据可以与计算机分开保管。

恢复（引入）账套功能是指将系统外的某个账套数据引入本系统中。该功能的增加将有利于集团公司的操作，子公司的账套数据可以定期引入母公司的系统中，以便进行有关账套数据的分析和合并工作。

说明 只有系统管理员用户才有权限对账套进行备份与恢复操作。

账套备份（输出）

① 系统管理员用户在系统管理界面选择“账套”下的“备份”菜单命令，进入“账套备份”对话框，如图2-12所示。

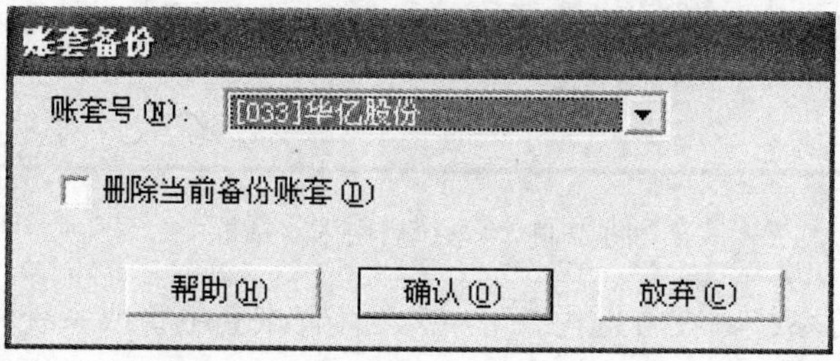

图2-12 “账套备份”—“账套号”对话框

② 在“账套号”下拉列表框中选择将要进行输出的账套，如想删除源账套，则还要将“删除当前输出账套”的选项设置为选中。单击“确认”按钮，系统提示备份文件的存储位置，如图2-13所示，用户选定存储位置后，单击“确认”按钮完成账套备份的操作；如想放弃，则单击“放弃”按钮。

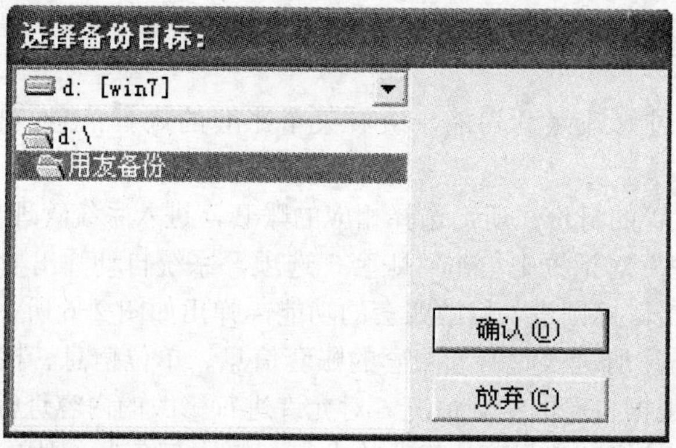

图2-13 “账套备份”—“选择备份目标”对话框

账套恢复（引入）

① 系统管理员用户在系统管理界面选择“账套”下的“恢复”菜单命令，则进入“恢复账套数据”对话框。系统提示用户选择所要恢复（引入）的数据来源，如图2-14所示。

② 选择所要引入的账套数据备份文件，单击“打开”按钮表示确认；如果想放弃操作，则单击“放弃”按钮。如果所恢复的账套号与系统中已有的账套号相同，则系统会出现“是否覆盖”的提示，单击“是”按钮确定覆盖，单击“否”按钮则放弃恢复。

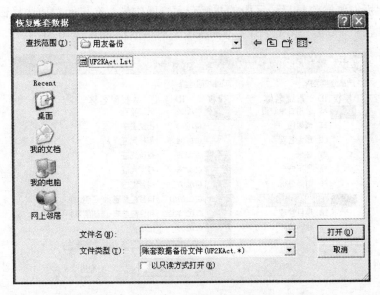

图 2-14 "账套恢复"—"恢复账套数据"对话框

任务 5：设置操作员权限

知识链接： "会计核算软件基本功能规范"规定，会计核算软件应当具备操作人员权限的设置功能。对不同操作员设置各自的权限，这是会计人员岗位分工和内部控制的体现。

 **操作步骤**

① 以系统管理员或账套管理员身份登录后，选择"权限"菜单命令，系统将弹出"操作员权限"对话框，如图 2-15 所示。

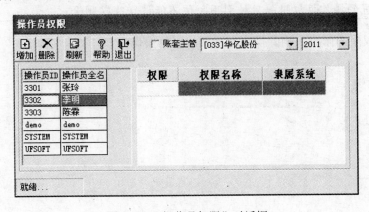

图 2-15 "操作员权限"对话框

说明 此功能只能由系统管理员和账套主管进行操作，以系统管理员的身份进行操作可以取消或指定账套主管。

② 单击界面左侧操作员显示区中的非账套主管操作员，在界面右边选择该操作所在的账套，再单击"增加"按钮，系统弹出"增加权限"对话框，如图 2-16 所示。

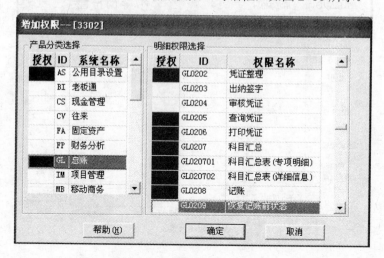

图 2-16 "增加权限"对话框

③ 在图 2-16 中，左侧列出了"用友通"软件系统的各模块名称，界面右侧是明细权限选择区。用户可以在相应的模块中或具体的明细权限里，通过用鼠标左键双击的操作来选定或取消权限（"授权"栏为蓝色即表示拥有该权限；"授权"栏为白色的，则表示不拥有该权限）。

- 系统默认账套主管自动拥有全部权限，对账套主管操作员来讲，就没有增加和删除权限的操作。如果用户是以账套主管的身份注册登录的，则在图 2-15 所示的对话框中不显示账套主管，只显示非账套主管。
- 在进行放弃或设定账套主管的操作时，要注意一个账套中只能设置一个账套主管。
- 所设置的操作员权限一旦被引用，便不能被修改或删除。

对操作员权限的修改、删除操作与增加权限的操作类似。

项目模块 3

基础档案设置

 **项目功能**

"用友通"会计信息化系统的初始化操作。

 学习目标

学习完本项目模块，学员可以具备"用友通"会计信息化系统的初始化操作技能，这是作为采用"用友通"财务电算化系统的财务管理人员所必备的岗位技能。

操作流程

使用"用友通"会计信息化系统的初级用户，可按以下操作流程进行系统初始化设置，如图 3-1 所示。

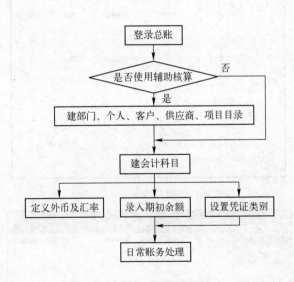

图 3-1 系统初始化操作流程图

知识链接："用友通"会计信息化系统的初始设置分为两大部分，一是公共基础档案初始化，本部分设置的系统操作环境可为"用友通"会计信息化系统中的各功能模块所共用；二是模块系统初始化，本部分的设置主要是为了初始化各模块内的功能需要。本项目模块主要介绍的是第一分部，即公共基础档案初始化。

操作步骤

① 运行"用友通"软件，如图 3-2 所示，以账套主管的身份注册进入"用友通"信息化系统，系统出现"期初档案录入"页面，如图 3-3 所示，用户也可关闭该页面，在系统主界面中通过菜单进行相应操作，如图 3-4 所示。

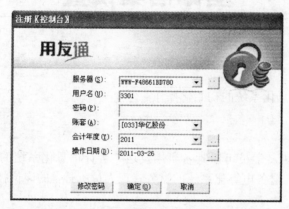

图 3-2 "用友通"系统注册

图 3-3 "期初档案录入"页面

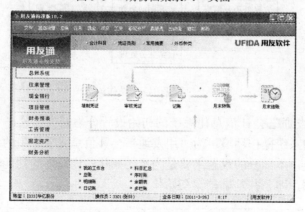

图 3-4 "用友通"会计信息化系统主界面

② 选择"基础设置"菜单下的相应选项，如图 3-5 所示，用户可以进行公共基础档案的初始化操作。

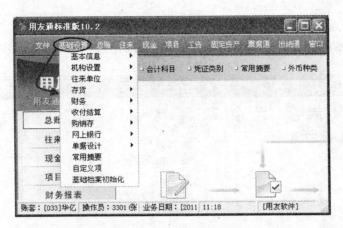

图 3-5　"基础设置"菜单

任务 6：基本信息设置

本部分包括"编码方案"和"数据精度"两项子任务，本任务的操作指导在项目模块 2 的任务 4"账套管理"中的"创建账套"时已作叙述，本处略过。用户也可通过本功能，对原来所设置的资料进行修改的操作练习。

任务 7：机构设置

任务目标：掌握部门机构的建立及修改操作；掌握职员信息档案的建立与修改操作。

子任务 7.1：部门档案

知识链接：按照已经定义好的部门编码级次原则输入部门编号及其信息。部门档案包含部门编码、部门名称、负责人、部门属性等信息。

案例数据：部门档案资料如下表所示。

部门编码	部门名称	负责人	部门属性
1	综合管理部		
101	总经理办公室	赵志文	综合管理
102	人事部	王丽	人事部门
2	财务部	张玲	财务部门
3	销售部	刘东	销售经理
4	采购部	赵亮	采购经理
5	生产部		

操作步骤

① 在"用友通"会计信息化系统主界面中，如图 3-4 所示，选择"基础设置"下的"机构设置"—"部门档案"菜单命令，系统出现"部门档案"对话框，如图 3-6 所示。

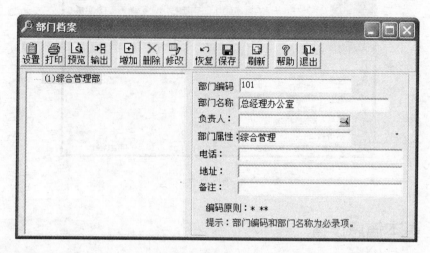

图 3-6 "部门档案"对话框

② 在图 3-6 所示的对话框右边直接录入相应栏目的信息，单击"保存"按钮保存部门档案（当右边栏目无法录入信息时，用户可先单击"增加"按钮再进行录入）。

部门编号：符合编码级次原则。必须录入，而且必须唯一。

部门名称：必须录入。

负责人：可以为空。如果要录入负责人，则该人员必须已存在于"职员档案"中。

部门属性：输入部门是综合管理、车间、采购部门、销售部门等部门的分类属性，可以为空。

电话：可以为空。

地址：可以为空。

备注：可以为空。

 说明
● 部门编号必须符合部门编码级次原则。
● 如果输入信息后，没有单击"保存"按纽，而直接单击"放弃"按扭，即表示放弃此次增加。
● 基础档案中的任意一个字段禁用英文字符：* _ % ' | ? < > & ; [ ]

③ 在图 3-6 所示的对话框左边，将鼠标光标定位到要修改的部门编号上，用鼠标单击"修改"按钮。这时界面即处于修改状态，可以对部门名称、负责人、部门属性、电话、地址、备注等信息进行修改，单击"保存"按钮保存修改后的部门档案信息。

④ 在图 3-6 所示的对话框左边，把鼠标光标放在要删除的部门上，用鼠标单击"删除"按钮，系统将提示"确实要删除该部门信息吗？"单击"是（Y）"按钮即可删除此部门。

- 部门编号不能修改。在"用友通"会计信息化系统中,所有的信息编号都不能修改,且在同一类中必须是唯一的。如果编号出错,只能删除该编号对应的信息,再增加正确的资料。
- 若部门被其他对象引用后就不能被删除。在"用友通"会计信息化系统中,所有的基础档案一旦被其他对象引用后就不能被删除。

子任务 7.2:职员档案

知识链接: 主要用于记录本单位使用系统的职员列表,包括职员编号、职员名称、所属部门及职员属性等。

案例数据: 职员档案资料如下表所示。

职员编号	职员名称	所属部门	职员属性
101	赵志文	101	总经理
102	王丽	102	人事主管
201	张玲	2	财务主管
202	李明	2	会计
203	陈霖	2	出纳
301	刘东	3	销售经理
302	周文	3	销售员
401	赵亮	4	采购经理
402	李国林	4	采购员

 操作步骤

① 在"用友通"会计信息化系统主界面中,如图 3-4 所示,选择"基础设置"下的"机构设置"—"职员档案"菜单命令,系统出现"职员档案"对话框,如图 3-7 所示。

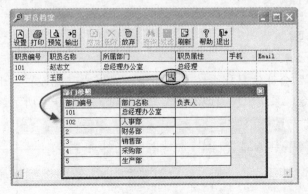

图 3-7 "职员档案"对话框

② 在图 3-7 所示的对话框中,用户可直接在空白行上,用鼠标左键双击,直接进入增加状态,根据自己企业的实际情况,在相应栏目中输入适当内容。如果没有空白行,用户可单击"增加"按钮,屏幕上即会出现一空白行供用户使用。

职员编号：必须录入，而且是唯一的。

职员名称：必须录入，可以重复。

所属部门：选择该职员所属的部门。所选定的部门必须是最末一级的。录入时，用户用鼠标双击"所属部门"栏，系统出现 按钮，单击该按钮，调出系统已有的部门档案资料，用鼠标双击对应的部门行，完成部门的选择。

职员属性：填写职员是属于采购员、库房管理人员还是销售人员等人员属性。

手机：输入该职员的手机号码。

E-mail：填写职员的电子信箱地址。

③ 完成相应信息的录入后，系统会自动保存档案。

④ 在图3-7所示的对话框中，用户可将鼠标光标定位到要修改的职员上，用鼠标双击所要修改的内容，即可进入修改状态。当变更职员所属部门时，系统会询问"是否真的要调整明细账与总账部门信息"，选择"是"，则系统在后台完成调整。

⑤ 在图3-7所示的对话框中，用户可把鼠标光标放在要删除的职员上，用鼠标单击"删除"按钮，系统提示"确实要删除职员档案--XX 吗？"，单击"是（Y）"按钮即可删除此职员的信息。

任务8：往来单位设置

任务目标：掌握地区分类的建立与修改操作；掌握客户信息档案的建立与修改操作。掌握供应商信息档案的建立与修改操作。

子任务8.1：地区分类

知识链接：使用"用友通"中的采购管理、销售管理、库存管理和应收应付账管理系统，都会使用到供应商档案、客户档案。而供应商档案、客户档案中有所属地区的栏目要填写。如果用户需要对供货单位或客户按地区进行统计，就应该建立地区分类体系。地区分类最多有5级，企业可以根据实际需要进行分类。例如，用户可以按区、省、市进行分类，也可以按省、市、县进行分类。

操作步骤

① 在"用友通"会计信息化系统主界面中，选择"基础设置"下的"往来单位"—"地区分类"菜单命令，系统出现"地区分类"对话框，如图3-8所示。

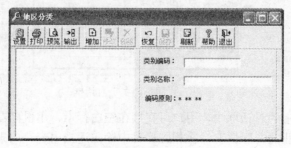

图3-8 "地区分类"对话框

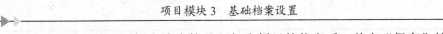

② 在图 3-8 所示的对话框右边直接录入相应栏目的信息后，单击"保存"按钮保存地区分类档案（当右边栏目无法录入信息时，用户可先单击"增加"按钮再进行录入）。

③ "地区分类"的修改与删除操作请参考"部门分类"的相应操作。

子任务 8.2：客户分类

知识链接：如果想对客户进行分类管理，用户可以通过本功能建立客户分类体系。用户可将客户按行业、地区等进行划分。建立客户分类后，用户可以将客户设置在最末级的客户分类之下。没有对客户进行分类管理需求的用户可以不使用本功能。

案例数据：客户分类资料如下表所示。

分 类 编 码	分 类 名 称
1	华南地区客户
2	华东地区客户
3	华北地区客户

 操作步骤

① 在"用友通"会计信息系统主界面中，选择"基础设置"下的"往来单位"—"客户分类"菜单命令，系统出现"客户分类"对话框，如图3-9所示。

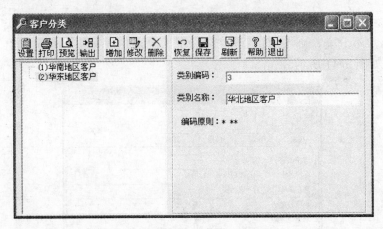

图 3-9 "客户分类"对话框

② 在图 3-9 所示的对话框右边直接录入相应栏目的信息后，单击"保存"按钮保存客户分类档案（当右边栏目无法录入信息时，用户可先单击"增加"按钮再进行录入）。

③ "客户分类"的修改与删除操作请参考"部门分类"的相应操作。

子任务 8.3：客户档案

知识链接：本功能完成对销售客户档案的设置和管理。在销售管理等业务中需要处理的客户的档案资料，应先在本功能中设定，平时如有变动应及时在此进行调整。

案例数据：客户档案资料如下表所示。

客户编号	客户名称	简　称	所属分类	开户银行	银行账号
001	万博科技有限公司	万博科技	1	建行	6686378
002	华大有限公司	华大	2	工行	6698126

 操作步骤

① 在"用友通"会计信息化系统主界面中，选择"基础设置"下的"往来单位"—"客户档案"菜单命令，系统出现"客户档案"对话框，如图 3-10 所示。

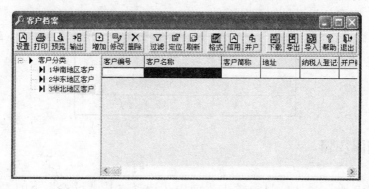

图 3-10　"客户档案"对话框

② 在图 3-10 所示的对话框左边的树型列表中选择一个末级的客户分类（如果在建立账套时设置客户不分类，则不用进行选择），单击"增加"按钮，系统弹出"客户档案卡片"对话框，如图 3-11 所示。

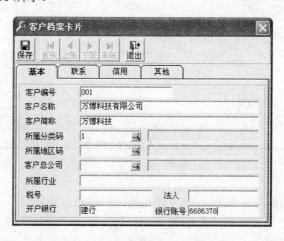

图 3-11　"客户档案卡片"对话框

③"用友通"系统中，对客户档案资料提供了详细的设置，并分为"基本"、"联系"、"信用"、"其他"4 个选项来设置，具体选项卡的简要说明如下。

"客户档案卡片"—"基本"选项说明，如图 3-11 所示。

客户编号：客户编号必须唯一；客户编号可以用数字或字符表示，最多可输入 20 位数字或字符。

客户名称：用于销售发票的打印，即打印出来的销售发票的销售客户栏目显示的内容为销售客户的客户名称。可以是汉字或英文字母，客户名称最多可写 49 个汉字或 98 个字符。

客户简称：用于业务单据和账表的屏幕显示。例如，屏幕显示的销售发货单的客户栏目中显示的内容为客户简称。可以是汉字或英文字母，客户简称最多可写 30 个汉字或 60 个字符。

所属分类码：系统根据用户增加客户前所选择的客户分类自动填写，用户可以修改。

所属地区码：可输入客户所属地区的代码，输入系统中已存在代码时，自动转换成地区名称，显示在该栏目的右编辑框内。也可以用参照输入法，即在输入所属地区码时用鼠标按参照键显示所有地区供选择，用户用鼠标双击选定行或当光标位于选定行时用鼠标单击"确认"按钮即可。

"客户档案卡片"—"联系"选项卡说明，如图 3-12 所示。

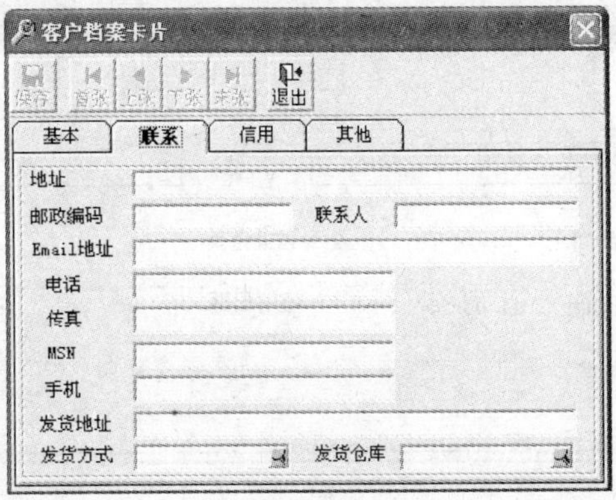

图 3-12 "客户档案卡片"—"联系"选项卡

发货地址：可用于销售发货单中发货地址栏的默认值，可以与客户地址相同，也可以不同。在很多情况下，发货地址是客户主要仓库的地址。

发运方式：可设置销售发货单中发运方式栏的默认值，输入系统中已存在代码时，自动转换成发运方式的名称。

发货仓库：可设置销售单据中仓库的默认值，输入系统中已存在代码时，自动转换成仓库名称。

"客户档案卡片"—"信用"选项卡说明，如图 3-13 所示。

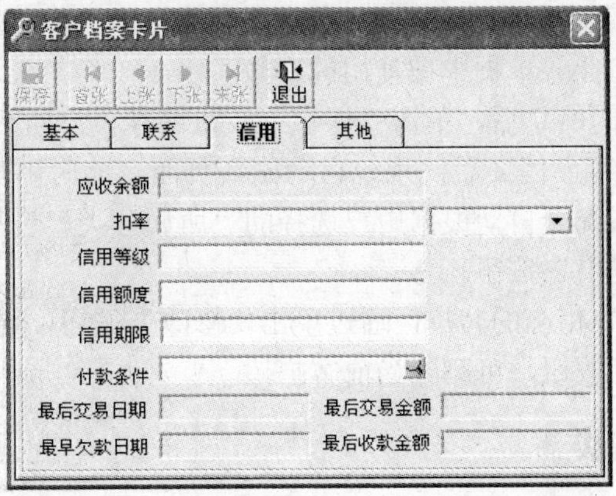

图 3-13 "客户档案卡片"—"信用"选项卡

应收余额：应收余额指客户当前应收账款的余额。期初的应收账款余额可以在此处由用户手工输入，销售管理系统或应收账款核算系统启用后，应收余额由系统自动维护，用户不能修改该栏目的内容。

扣率：输入客户在一般情况下可以享受的购货折扣率，可用于销售单据中折扣的默认值。

信用等级：按照用户自行设定的信用等级分级方法，依据客户在应收款项方面的表现，输入客户的信用等级。

信用期限：可作为计算客户超期应收款项的计算依据，其度量单位为"天"。

付款条件：可用于销售单据中付款条件的默认值，输入系统中已存在代码时，自动转换成付款条件。

"客户档案卡片"—"其他"选项说明，如图3-14所示。

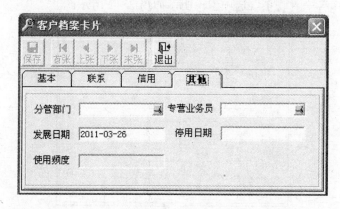

图3-14 "客户档案卡片"—"其他"对话框

分管部门：输入和客户发生业务往来的主要部门。可用于销售单据中部门的默认值。输入系统中已存在的部门编号时，自动转换成部门名称。

专营业务员：输入和客户发生业务往来的主要业务员。可用于销售单据中业务员的默认值。输入系统中已存在的部门编号时，自动转换成业务员姓名。

发展日期：输入客户被发展为客户的日期。一般情况下，该客户的第一笔业务的业务日期应大于或等于发展日期。

停用日期：输入因信用等原因和用户停止业务往来的客户被停止使用的日期。停用日期栏内容不为空的客户，在任何业务单据开具时都不能使用，但可进行查询。

使用频度：指客户在业务单据中被使用的次数。

④ 录入完相应栏目的信息后，单击"保存"按钮保存客户档案信息。

⑤ 用户保存完一个客户档案后，系统自动刷新页面，此时用户可继续录入其他客户的档案资料，无需退出，系统会自动根据用户选择的"所属分类"进行归类存放。不再录入新客户档案时，可单击"退出"按钮。

⑥ 在客户列表中选中相应的客户，通过单击"修改"按钮，可对该客户进行修改。

用鼠标单击"删除"按钮，可删除当前客户。

子任务8.4：供应商分类

知识链接：如果想对供应商进行分类管理，用户可以通过本功能建立供应商分类体系。用户可将供应商按行业、地区等进行划分。建立起供应商分类后，用户可以将供应商设置在最末级的供应商分类之下。在供应商档案设置中需要设置的供应商，应先在本功能中设定。已被引用的供应商分类不能被删除。没有对供应商进行分类管理需求的用户可以不使用本功能。

操作步骤请参照"客户分类"的操作及说明，此处略。

子任务 8.5：供应商档案

知识链接：建立供应商档案主要是为企业的采购管理、库存管理、应付账管理服务的。在填制采购入库单、采购发票和进行采购结算、应付款结算和有关供货单位统计时都会用到供货单位档案，因此必须应先设立供应商档案，以便减少工作差错。在输入单据时，如果单据上的供货单位不在供应商档案中，则必须在此建立该供应商的档案。

案例数据：供应商档案资料如下表所示。

供应商编号	供应商名称	简 称	所属分类	开户银行	银行账号
001	丰华制造厂	丰华	00	农行	9976337
002	凯特五金厂	凯特五金	00	建行	9983789

操作步骤请参照"客户分类"的操作及说明，此处略。

任务 9：收付结算

任务目标：掌握结算方式的设定及修改操作；掌握付款条件（现金折扣条件）的建立与修改操作。

子任务 9.1：结算方式

知识链接：该功能用来建立和管理用户在经营活动中所涉及的结算方式。它与财务结算方式一致，如现金结算、支票结算等。结算方式最多可以分为 2 级。结算方式编码级次的设定在建账的编码部分中进行。

案例数据：档案资料如下表所示。

结算方式编码	结算方式名称	票据管理标志
1	现金结算	否
2	支票结算	
201	现金支票	是
202	转账支票	是
3	其他	否

 操作步骤

① 在"用友通"会计信息化系统主界面中，选择"基础设置"下的"收付结算"—"结算方式"菜单命令，系统出现"结算方式"对话框，如图 3-15 所示。

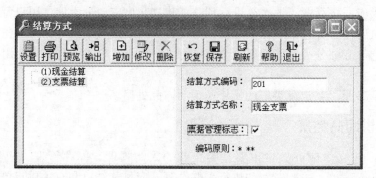

图 3-15 "结算方式"对话框

② 在图 3-15 所示的对话框右边直接录入相应栏目的信息后，单击"保存"按钮保存部门档案（右边栏目无法录入信息时，用户可先单击"增加"按钮再进行录入）。

③ 在图 3-15 所示的对话框中，用户可先在左边部分用鼠标光标选择要修改的结算方式，然后单击"修改"按钮，便可对右边部分显示的所选定结算方式的内容进行修改。单击"删除"按钮可对所选定的结算方式内容进行删除。

子任务 9.2：付款条件（现金折扣条件）

知识链接：付款条件也叫现金折扣，是指企业为了鼓励客户尽快偿还货款而允诺在一定期限内给予规定的折扣优待。这种折扣条件通常可表示为 5/10，2/20，n/30，它的意思是客户在 10 天内偿还货款，可得到 5% 的折扣，只付原价的 95% 的货款；在 20 天内偿还货款，可得到 2% 的折扣，只要付原价的 98% 的货款；在 30 天内偿还货款，则须按照全额支付货款；在 30 天以后偿还货款，则不仅要按全额支付货款，还可能要支付延期付款利息或违约金。付款条件将主要在采购订单、销售订单、采购结算、销售结算、客户目录、供应商目录中引用。系统最多同时支持 4 个时间段的折扣。

 操作步骤

① 在"用友通"会计信息化系统主界面中，选择"基础设置"下的"收付结算"—"付款条件"菜单命令，系统出现"付款条件"对话框，如图 3-16 所示。

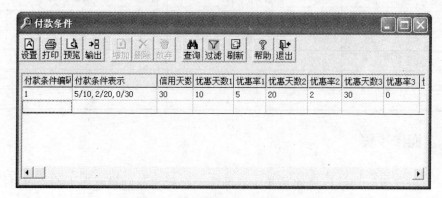

付款条件编码	付款条件表示	信用天数	优惠天数1	优惠率1	优惠天数2	优惠率2	优惠天数3	优惠率3	
1	5/10, 2/20, 0/30	30	10	5	20	2	30	0	

图 3-16 "付款条件"对话框

② 在图 3-16 所示的对话框中，用户可直接在空白行上，双击鼠标左键，直接进入增加状态，根据自己企业的实际情况，在相应栏目中输入适当内容。如果没有空白行，用户可单击"增加"按钮，屏幕上会出现一个空白行供用户使用。

付款条件编码：用以标识某付款条件。用户必须输入，且录入值唯一。付款条件编码可以用数字 0~9 或字符 A~Z 表示，但编码中&、"、;、-以及空格键禁止使用。付款条件编码最多可输入 3 个字符。

付款条件表示：系统自动根据用户录入的信用天数、优惠天数、优惠率显示该付款条件的完整信息。

信用天数：指最大的信用天数，如超过此天数，则不仅要按全额支付货款，还可能支付延期付款利息或违约金。用户必须输入，最大值为 999 天。

优惠天数 n：指享受折扣优待的各个时间段的最大天数，它应小于信用天数，但必须大于前一个优惠天数，逐级递增。

优惠率 n：指在优惠天数 n 范围内付款而享受的优惠率，按照百分比计算。只能输入数字，它应小于 100，还必须小于前一个优惠率，逐级递减。需要说明的是，用户输入的数字，系统自动按百分比计算，如输入 5 即为 5%，0.05 即为 0.05%。

③ 在图 3-16 所示的对话框中，用户可在要修改的栏目上双击鼠标左键，直接进入修改状态。单击"删除"按钮，便可对已有的付款条件内容进行删除。

任务 10：财务

任务目标：掌握记账凭证类别的设定及修改操作；掌握外币各类的设置建立与修改操作。

子任务 10.1：凭证类别

知识链接：许多单位为了便于管理或登账方便，一般对记账凭证进行分类编制。但各单位的分类方法不尽相同，所以"用友通"系统提供了"凭证分类"功能，用户完全可以按照本单位的需要对凭证进行分类。

案例数据：凭证类别资料如下表所示。

类 别 字	类 别 名 称	限 制 类 型	限 制 科 目
收	收款凭证	借方必有	1001,1002
付	付款凭证	贷方必有	1001,1002
转	转账凭证	凭证必无	1001,1002

 操作步骤

① 在"用友通"会计信息化系统主界面中，选择"基础设置"下的"财务"—"凭证类别"菜单命令，系统出现"凭证类别预置"对话框，如图 3-17 所示。

说明　如果是第一次进行凭证类别设置，系统提供了几种常用分类方式供用户选择。

（1）记账凭证

（2）收款凭证　付款凭证　转账凭证

（3）现金凭证　银行凭证　转账凭证

（4）现金收款凭证　现金付款凭证　银行收款凭证　银行付款凭证　转账凭证

（5）自定义

用户可按需要进行选择，选择完后，仍可进行修改。若选"自定义"则完全由用户自行设置。

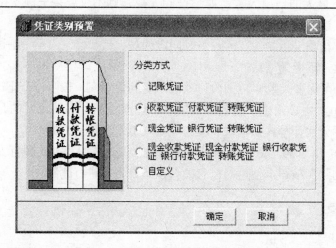

图 3-17　"凭证类别预置"对话框

② 选择好分类方式后，单击"确定"按钮，进入"凭证类别"对话框，如图 3-18 所示，系统将按照所选的分类方式对凭证类别进行预置。

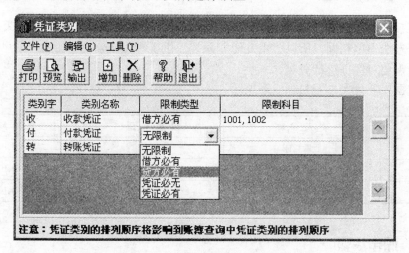

图 3-18　"凭证类别"对话框

③ 在图 3-18 所示的对话框中，增加类别时，单击"增加"按钮，在表格中新增的空白行中填写凭证类别字，凭证类别名称等栏目即可。删除类别时，用鼠标单击要删除的凭证

类别，再单击"删除"按钮即可。修改时，直接在表格上修改即可。

● 已使用的凭证类别不能删除，也不能修改类别字。

● 若选有科目限制（即"限制类型"不是"无限制"），则至少要输入一个限制科目。若限制类型选"无限制"，则不能输入限制科目。

● 表格右侧的上下箭头按钮可以调整凭证类别的前后顺序，它将决定明细账中凭证的排列顺序。

子任务 10.2：外币种类设置

知识链接：汇率管理是专为外币核算服务的。在此可以对本账套所使用的外币进行定义；在"填制凭证"中所用的汇率应先在此进行定义，以便制单时调用，减少录入汇率的次数和差错。当汇率变化时，应预先在此进行定义，否则制单时不能正确录入汇率，对于使用固定汇率（使用月初或年初汇率）作为记账汇率的用户，在填制每月的凭证前，应预先在此录入该月的记账汇率，否则在填制该月外币凭证时，将会出现汇率为零的错误，对于使用变动汇率（使用当日汇率）作为记账汇率的用户，在填制该天的凭证前，应预先在此录入该天的记账汇率。

案例数据：外币种类资料如下所示。

　　　　币符：USD　　　币名：美元　　　3 月份记账汇率为 6.8

 操作步骤

① 在"用友通"会计信息化系统主界面中，选择"基础设置"下的"财务"—"外币种类"菜单命令，系统出现"外币设置"对话框，如图 3-19 所示。

图 3-19　"外币设置"对话框

② 在图 3-19 所示的对话框中，用鼠标单击"增加"按钮，输入新的外币及相关栏

目。输入完成后，用鼠标单击"确认"按钮即可。

币符、币名：所定义外币的符号及其名称，如美元，其币符可以定义为 US$，币名定义为美元。

汇率小数位：定义外币的汇率小数位数，系统默认为 5 位。

折算方式：分为直接汇率与间接汇率两种，用户可以根据外币的使用情况选定汇率的折算方式。直接汇率即"外币*汇率=本位币"，间接汇率即"外币/汇率=本位币"。

最大折算误差：在记账时，如果外币*（或/）汇率-本位币>最大折算误差，则系统给予提示，系统默认最大折算误差为 0.00001，即不相等时就提示。如果用户希望在制单时不提供最大折算误差提示，可以将最大折算误差设为一个比较大的数值，如 1000000 即可。

固定汇率与浮动汇率：选"固定汇率"即可录入各月的月初汇率，选"浮动汇率"即可录入所选月份的各日汇率。

记账汇率：在平时制单时，系统自动显示此汇率，如果用户使用固定汇率（月初汇率），则记账汇率必须输入，否则制单时汇率为 0。

调整汇率：即月末汇率。在期末计算汇兑损益时用，平时可不输入，等期末可输入期末时汇率，用于计算汇兑损溢，本汇率不作其他用途。

说明　"财务"—"会计科目"的设置操作放在"项目模块 4——账务处理系统初始化设置"中进行叙述。

任务 11：常用摘要设置

任务目标： 掌握常用摘要的设定及修改操作。

知识链接： 在输入单据或凭证的过程中，因为业务的重复性发生，经常会有许多摘要完全相同或大部分相同，如果将这些常用摘要存储起来，在输入单据或凭证时随时调用，必将大大提高业务处理效率。通过"用友通"系统的"基础设置"中的"常用摘要设置"即可现实这一功能

案例数据： 常用摘要资料如下表所示。

常用摘要编码	常用摘要正文	相关科目
001	提现金	库存现金
002	发放工资	应付职工薪酬
003	销售商品	主营业务收入

 操作步骤

① 在"用友通"会计信息化系统主界面中，选择"基础设置"下的"常用摘要"菜单命令，系统出现"常用摘要"对话框，如图 3-20 所示。

常用摘要编码：用以标识某常用摘要。在制单中录入摘要时，用户只要在摘要区输入该常用摘要的编码，系统即自动调入该摘要正文和相关科目（如果有的话）。

常用摘要正文：结合本单位的实际情况，输入常用摘要的正文。

相关科目：如果某条常用摘要对应某科目，则可以在此输入，在调用常用摘要的同时，也将被一同调入，以提高录入速度。系统只允许输入一个科目。

② 在图 3-20 所示的对话框中，用户单击"增加"按钮，屏幕上出现一个空白行，用户可根据自己企业的实际情况，在相应栏目中输入适当内容。也可以在最后一栏空行中，双击鼠标左键，直接进入增加状态。

③用户输入完一条常用摘要后，单击"增加"按钮，屏幕上出现一个空白行，同时遮盖了原来已有的摘要条，此时用户可通过单击"刷新"按钮来恢复正常显示。

④ 在图 3-20 所示的对话框中，用户在要修改的栏目上双击鼠标左键，直接进入修改状态。单击"删除"按钮，便可对当前常用摘要内容进行删除。

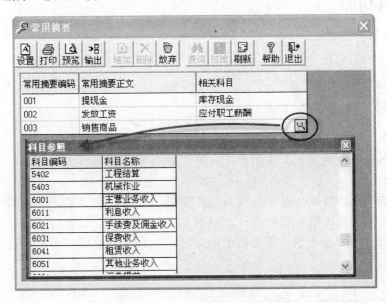

图 3-20 "常用摘要"对话框

项目模块 4

账务处理系统初始化设置

 项目功能

建立会计科目体系。

设置总账系统运行环境。

录入系统期初数据。

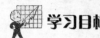 **学习目标**

学习完本项目模块，学员可以具备"用友通"会计信息化系统中"账务处理"模块的初始化操作技能，这是作为采用"用友通"财务电算化系统的财务会计人员必备的岗位技能。

知识链接： 会计科目是账务处理系统的基础，建立一套完整的会计科目体系，对日常的账务处理工作及提供有效的会计信息起到关键的作用。设置好"总账"系统的运行环境，可以给日后的处理工作带来极大的方便，而期初数据则是系统运行所必备的初始平台。

任务 12：会计科目设置

任务目标： 掌握会计科目的建立、修改及删除等相关操作；掌握会计科目辅助核算的设置。

知识链接： 会计科目是编制记账凭证的基础，其为编制会计报表提供了方便，会计科目作为向投资者、债权人、企业经营管理者等提供会计信息的重要手段，在其设置过程中应努力做到科学、合理、适用。"用友通"系统提供了功能齐全、灵活多样的会计科目设置体系，用户可以根据业务的需要方便地进行增加、插入、修改、查询和打印等操作。

案例数据： 会计科目资料如下表所示。

科目编号	科目名称	币别计量	辅助核算	方向	期初余额
1001	库存现金		日记账	借	50 000.00
1002	银行存款		日记账、银行账	借	560 600.00
100201	工行存款		日记账、银行账	借	426 600.00
100202	中行存款	美元	日记账、银行账	借	134 000.00
					20 000 美元
1122	应收账款		客户往来	借	300 000.00

科目编号	科目名称	币别计量	辅助核算	方向	期初余额
1221	其他应收款		个人往来	借	5 000.00
1231	坏账准备			贷	900.00
1403	原材料			借	340 100.00
140301	A 材料	千克	数量核算	借	185 300.00
					9 265 千克
140302	B 材料	千克	数量核算	借	154 800.00
					5 160 千克
1405	库存商品			借	518 000.00
140501	甲产品			借	159 600.00
140502	乙产品			借	358 400.00
1411	周转材料			借	8 800.00
1511	长期股权投资			借	300 600.00
1601	固定资产			借	908 200.00
1602	累计折旧			贷	109 600.00
1604	在建工程			借	106 000.00
1701	无形资产			借	190 000.00
1801	长期待摊费用			借	1 000.00
1901	待处理财产损溢				
190101	待处理流动资产损溢				
190102	待处理固定资产损溢				
2001	短期借款			贷	100 000.00
2201	应付票据		供应商往来	贷	
2202	应付账款		供应商往来	贷	122 000.00
2211	应付职工薪酬			贷	28 000.00
221101	工资			贷	20 000.00
221102	职工福利费			贷	8 000.00
2221	应交税费			贷	37 600.00
222101	应交增值税			贷	
22210101	进项税额			贷	
22210105	销项税额			贷	
22210107	进项税额转出			贷	
222102	应交消费税			贷	
222103	应交所得税			贷	37 600.00
2241	其他应付款			贷	5 000.00
2501	长期借款			贷	135 500.00
4001	实收资本			贷	2 500 000.00
4101	盈余公积			贷	144 000.00
4104	利润分配			贷	105 700.00
410401	未分配利润			贷	105 700.00

续表

科目编号	科目名称	币别计量	辅助核算	方向	期初余额
5001	生产成本			借	
500101	甲产品			借	
500102	乙产品			借	
5101	制造费用			借	
510101	工资及附加		部门核算	借	
510102	办公费		部门核算	借	
510103	折旧费		部门核算	借	
510104	差旅费		部门核算	借	
510105	其他		部门核算	借	
6601	销售费用			贷	
660101	工资及附加		部门核算	贷	
660102	广告费		部门核算	借	
6602	管理费用			借	
660201	工资及附加		部门核算	借	
660202	办公费		部门核算	借	
660203	折旧费		部门核算	借	
660204	差旅费		部门核算	借	
660205	其他		部门核算	借	

 操作步骤

在"用友通"会计信息化系统主界面中，选择"基础设置"下的"财务"—"会计科目"菜单命令，如图 4-1 所示，用户也可直接在"总账系统"界面的左上角单击"会计科目"快捷按钮，系统出现"会计科目"对话框，如图 4-2 所示。

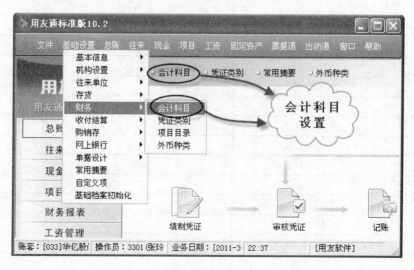

图 4-1 "会计科目"菜单命令

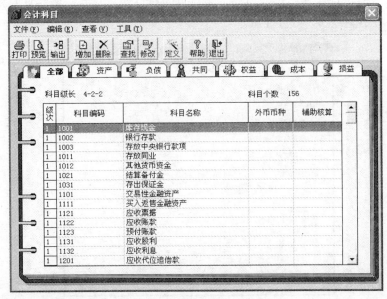

图 4-2 "会计科目"对话框

予任务 12.1：增加会计科目

任务目标： 掌握逐一增加会计科目的操作方法；掌握采用复制的方法来增加会计科目的操作；掌握会计科目的批复制操作。

知识链接： "用友通"会计信息化系统为用户提供了强大的增加会计科目的操作方法，可以在新增界面里逐一添加会计科目，也可以采用复制的方法来增加，更可以借用"成批复制"的功能，实现会计科目的批量增加。

 操作步骤

① 在图 4-2 所示的对话框中，单击"增加"按钮或直接按"F5"快捷键，即可进入"会计科目—新增"对话框，如图 4-3 所示，可根据企业的具体情况，一次性设置包括科目编码、科目中文名称、科目英文名称、科目类型、账页格式和辅助核算等全面的、能满足企业会计核算所需要的会计科目体系。

● 科目中文名称和科目英文名称不能同时为空。若在进入系统时选择的是中文版，则必须录入中文名称，英文名称可输入也可不输入；若在进入系统时选择的是英文版，则必须录入英文名称，中文名称可输入也可不输入。

● 账页格式，定义该科目在账簿打印时的默认打印格式。

● 一个科目可同时设置两种专项核算。

● 个人往来核算不能与其他专项一同设置，客户与供应商核算不能一同设置。辅助账类必须设在末级科目上，但为了查询或出账方便，有些科目也可以在末级和上级设账类。但若只在上级科目设账类，其末级科目没有设该账类，系统将不承认。

● 在设置辅助核算时请尽量慎重，如果用户的科目已有数据，而又对科目的辅助核算进行修改，那么很可能会造成总账与辅助账对账不平。

● 只能在一级科目设置科目性质，下级科目的科目性质与其一级科目的相同。已有数据的科目不能再修改科目性质。

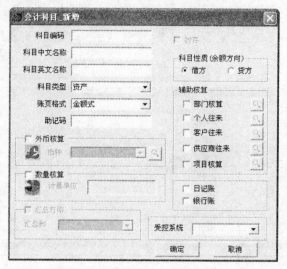

图 4-3 "会计科目—新增"对话框

● 银行存款科目要按存款账户设置，需进行数量核算、外币核算的科目要按不同的数量单位、外币单位建立科目。

● 已使用的科目可以增加下级，新增第一个下级科目为原上级科目的全部属性。

② 上述项目输入完成后，如果输入正确，用鼠标单击"确定"按钮保存，否则可以用鼠标单击"取消"按钮取消此次增加。保存后，系统会自动根据科目编号进行分类排序。

③ 逐一复制会计科目：在增加会计科目过程中，对相同名称的会计科目，可以采用系统提供的"复制"功能来快速增加。在图 4-2 所示的对话框中，先把光标定位于要复制的源科目行上，选择功能菜单"编辑"下的"复制"菜单命令，系统把所要复制的会计科目信息出现在"会计科目_新增"对话框中，如图 4-4 所示，把科目编号修改为目标科目编号后，单击"确定"按钮，即可实现会计科目的复制操作。

图 4-4 复制会计科目

④ 成批复制会计科目：用户在增加会计科目过程中，对成批相同名称的会计科目，可以采用系统提供的"成批复制"功能来快速增加。如"管理费用"科目的很多明细科目与"制造费用"科目下的明细科目相同，则用户可按如下操作来实现成批增加。在如图 4-2 所示的对话框中，选择"编辑"下的"成批复制"菜单命令，出现"成批复制"对话框，如图 4-5 所示。用户填入源科目编号和目标科目编号后，如果要同时复制辅助核算信息，可在对应项目前的方框内打"√"，单击"确认"按钮，即可实现会计科目的成批复制操作。

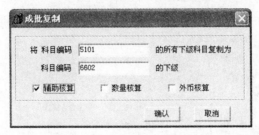

图 4-5 "成批复制"对话框

子任务 12.2：修改会计科目

任务目标：掌握会计科目修改的操作方法。

知识链接：对于已增加的会计科目，用户可以对其进行修改操作。没有会计科目设置权的用户，也可参照修改的方法来浏览科目的具体定义，但不能进行修改。

 操作步骤

① 在图 4-2 所示的对话框中，将鼠标光标移到要修改的科目上，用鼠标单击🖳或用鼠标双击该科目，即可进入"会计科目_修改"对话框，如图 4-6 所示。

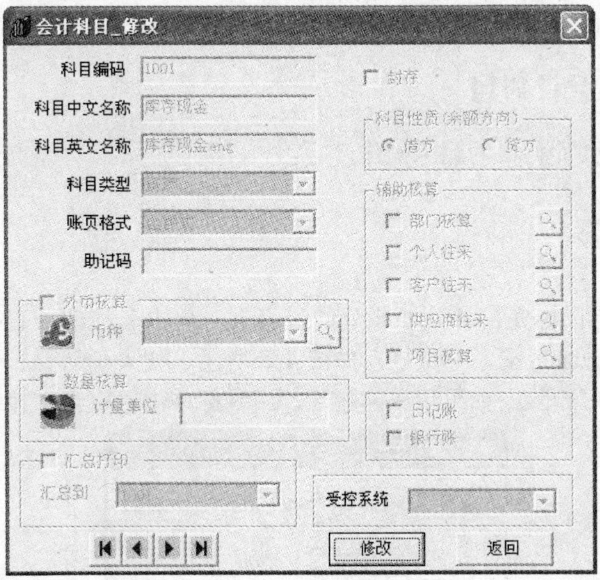

图 4-6 "会计科目_修改"对话框

② 在图 4-6 所示的对话框中，确认要修改的会计科目信息，用鼠标单击"修改"按钮，进入修改状态，如图 4-7 所示，用户可以在此对需要修改的项目进行调整。

图 4-7 "会计科目_修改"对话框

说明 会计科目修改类似于会计科目增加的操作，但在修改界面中，用户不可修改原会计科目的科目编号、科目性质（余额方向）及科目类型等项内容。只有在会计科目修改状态下才能设置汇总打印和封存，也只有末级科目才能设置汇总打印。

③ 修改完毕后，用鼠标单击"确定"按钮，如果想放弃修改，用鼠标单击"取消"按钮即可。如果要继续修改，在图 4-6 中用鼠标单击 ◄◄ ◄ ► ►► 按钮找到下一个需要修改的科目，重复上述步骤即可。

子任务 12.3：删除会计科目

任务目标：掌握会计科目的删除操作。

 操作步骤

在图 4-2 中，将鼠标光标移到要删除的科目上，单击 ✕ 按钮或直接按"Ctrl+D"组合键，系统出现"删除记录"提示对话框，如图 4-8 所示。如果确认要删除该科目，用鼠标单击"确定"按钮，即可删除；如果想放弃删除，用鼠标单击"取消"按钮即可。

图 4-8 "删除记录"对话框

注意　已使用科目不能删除。

予任务 12.4：查找会计科目

任务目标：掌握会计科目的查找操作。

　操作步骤

① 在图 4-2 中，单击按钮或直接按"Ctrl+K"组合键，系统出现"查找科目"对话框，如图 4-9 所示。

② 在图 4-9 所示的对话框中，可以直接输入所要查找的会计科目的全称（总账科目或明细科目均可），也可直接输入该会计科目的编号（全码），然后单击"查找"按钮，系统即可将鼠标光标定位于所要查找的会计科目行上。如果想放弃查找，用鼠标单击"取消"按钮即可。

图 4-9　"查找科目"对话框

提示　结合科目的查找功能，可以起到科目的快速定位功能。

予任务 12.5：指定科目

任务目标：掌握指定会计科目的操作。

　操作步骤

① 在图 4-2 中所示的"会计科目"对话框中，用鼠标单击"编辑"菜单下的"指定科目"命令，系统出现"指定科目"对话框，如图 4-10 所示。

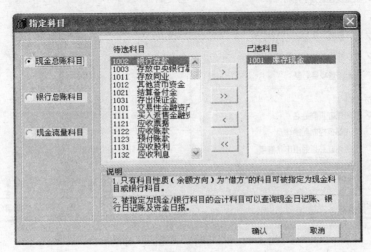

图 4-10　"指定科目"对话框

② 在图 4-10 所示的对话框中，先在左边选定要指定的科目类型，再用"▷"、"≫"选择所对应的现金、银行存款的总账科目，选择完毕后，用鼠标单击"确认"按钮即可。

 提示 此处指定的现金、银行存款科目供出纳管理使用，所以在查询现金、银行存款日记账前，必须指定现金总账科目、银行总账科目。

任务 13：总账系统选项设置

任务目标： 掌握总账系统选项的初始化设置操作。

知识链接： 系统在建立新的账套后由于具体情况需要，或业务变更，发生一些账套信息与核算内容不符，可以通过此功能进行账簿选项的调整和查看。在本任务中，用户可以查看及修改与凭证有关的选项、设定或修改账簿的打印参数、查看系统的会计日历及账套的相关信息。

操作步骤

① 在"用友通"系统主界面中，选择"总账"下的"设置"—"选项"菜单命令，系统出现"选项"对话框，如图 4-11 所示。该对话框包括了"凭证"、"账簿"、"会计日历"、"其他" 4 个选项卡，默认出现的是"凭证"选项卡。在"凭证"选项卡中，用户可以对"制单控制"、"凭证控制"、"凭证编号方式"、"外币核算"及"预算控制"等项目内容进行设定、修改，为以后日常的账务处理设定完善的操控环境。

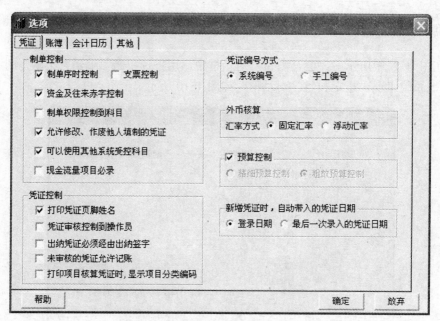

图 4-11 "选项"（凭证）对话框

② 在如图 4-11 所示的对话框中，单击"账簿"选项卡，如图 4-12 所示，在该选项卡

中，可以对"打印位数宽度"、"明细账打印方式"、"凭证、账簿套打"等多种打印参数进行设定、修改操作。

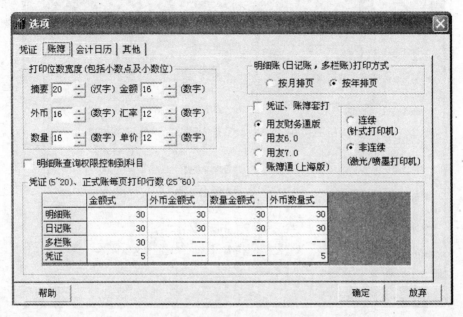

图 4-12　"选项"（账簿）对话框

③　在如图 4-11 所示的对话框中，单击"会计日历"选项卡，如图 4-13 所示，在该选项卡中，可查看各会计期间的起始日期与结束日期，以及启用会计年度和启用日期，但不能修改，如需修改请到系统管理中进行。

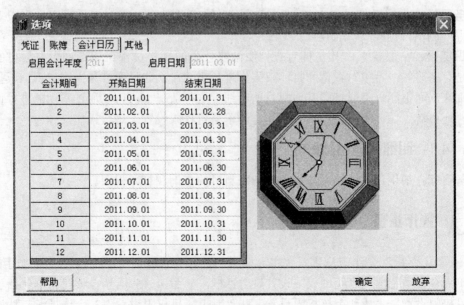

图 4-13　"选项"（会计日历）对话框

④　在如图 4-11 所示的对话框中，单击"其他"选项卡，如图 4-14 所示，在该选项卡中，可查看相关账套信息，设定"数量、单价、本位币"的精度及"部门、个人、项目"的

排序方式等。

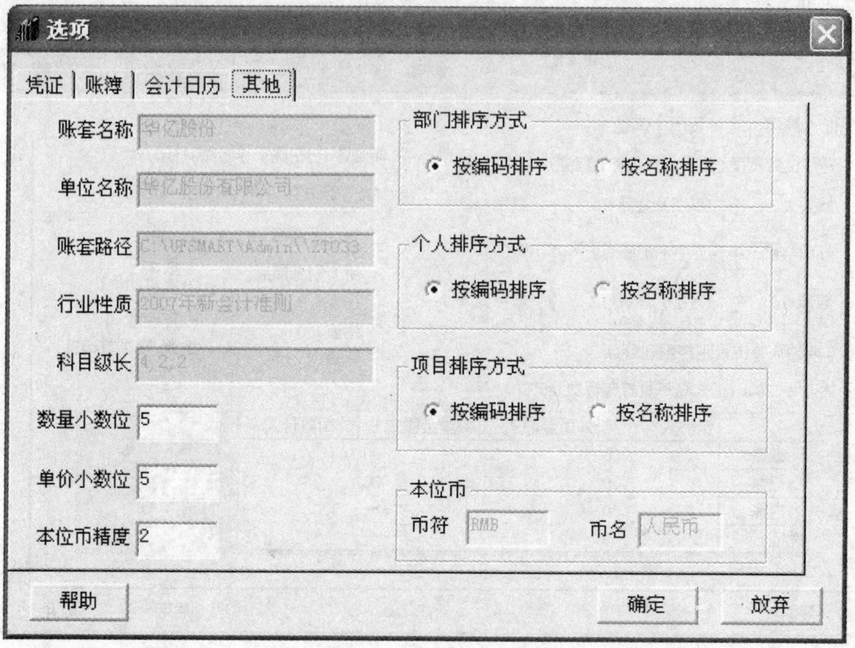

图 4-14 "选项"（其他）对话框

任务 14：明细账权限设置

任务目标：掌握操作员"明细账科目权限"的设置操作；掌握"凭证审核权限"的设置。掌握"制单科目权限"的设置。

知识链接：一般说来，凡是拥有查询明细账权限的操作员都可以查询所有科目的明细账。但是有些时候，希望对查询和打印权限作进一步细化，如只允许某操作员查询或打印某科目明细账，而不能查询或打印其他科目的明细。这种情况下，可以通过本功能进行设置。在这里，还可对"凭证审核权限设置"和"制单科目权限设置"进行操作。

子任务 14.1：明细账科目权限设置

任务目标：细化设置操作员对具体明细账科目的查询和打印权限。

操作步骤

① 在"用友通"会计信息化系统主界面中，选择"总账"下的"设置"—"明细账权限"菜单命令，系统出现"明细权限设置"对话框，如图 4-15 所示。该对话框包括了"明细账科目权限设置"、"凭证审核权限设置"和"制单科目权限设置"3 个选项卡，默认"明细账科目权限设置"选项卡。

② 在如图 4-15 所示的对话框中，用鼠标单击"操作员"后的下拉列表框中选择要设置的操作员。

③ 单击 按钮添加单个选定科目，单击 按钮添加所有科目，单击 和 按钮可删除所选的允许查询明细账的科目。

④ 设定后，用鼠标单击"退出"按钮即可完成设置。

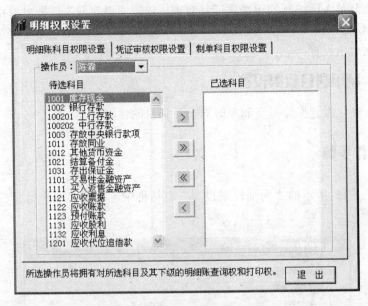

图 4-15　"明细权限设置"对话框

子任务 14.2：凭证审核权限设置

任务目标：设置操作员对其他操作员所编制的记账凭证是否具有审核权限。

操作步骤

① 在如图 4-15 所示的"明细权限设置"对话框中，单击"凭证审核权限设置"选项卡，如图 4-16 所示。

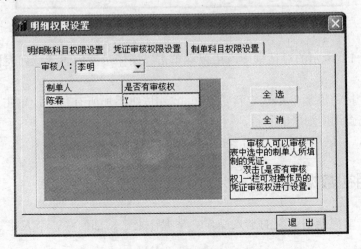

图 4-16　"凭证审核权限设置"选项卡

② 在如图 4-16 所示的对话框中，用鼠标单击"审核人"后的下拉列表框选择要设置的审核人员。

③ 用鼠标逐个双击制单人后的"是否有审核权"栏，当系统在栏内出现"Y"，表明所选的操作员对该制单人所编制的记账凭证具有审核权限。再次双击，即可取消审核权限。

④ 也可用鼠标单击"全选"按钮或"全消"按钮来辅助设置，完成设置后，用鼠标单击"退出"按钮退出设置。

子任务 14.3：制单科目权限设置

任务目标： 细化设置操作员在制单时对会计科目的使用权限。

 操作步骤

① 在如图 4-15 所示的"明细权限设置"对话框中，单击"制单科目权限设置"选项卡，如图 4-17 所示。

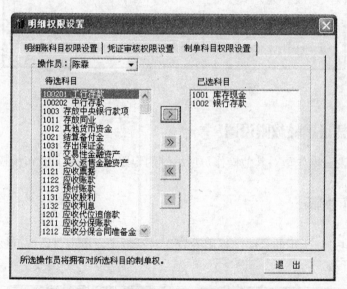

图 4-17 "制单科目权限设置"选项卡

② 在图 4-17 所示的对话框中，用鼠标单击"操作员"后的下拉列表框选择要设置的操作员。

③ 单击 按钮添加单个选定科目，单击 按钮添加所有科目，单击 和 按钮可删除所选的允许查询明细账的科目。

④ 设定后，用鼠标单击"退出"按钮即可完成设置。

任务 15：期初数据录入

任务目标： 掌握期初余额的录入操作；掌握往来账、部门账、个人账等辅助核算科目期初数据的录入。

知识链接：期初数据是"用友通"会计信息化系统运行的基础，第一次使用"用友通"系统的，必须录入科目的期初余额。如果系统中已有上年的数据，在使用"结转上年余额"后，上年各账户余额将自动结转到本年。在录入科目期初余额时，辅助核算科目必须按辅助项录入期初余额，往来科目（即含个人往来、客户往来、供应商往来账类的科目）应录入期初未达项。

案例数据：参考任务 12 中的"会计科目设置"的案例数据。

子任务 15.1：录入一般科目的期初数据

任务目标：掌握一般会计科目期初数据的录入。

 操作步骤

① 在"用友通"会计信息化系统主界面中，选择"总账"下的"设置"—"期初余额"菜单命令，系统出现"期初余额录入"对话框，如图 4-18 所示。

科目名称	方向	币别/计量	年初余额	累计借方	累计贷方	期初余额
库存现金	借		50,000.00			50,000.00
银行存款	借		459,600.00			459,600.00
工行存款	借		325,600.00			325,600.00
中行存款	借		134,000.00			134,000.00
	借	美元	20,000.00			20,000.00
存放中央银行款项	借					
存放同业	借					
其他货币资金	借					
结算备付金	借					
存出保证金	借					
交易性金融资产	借					
买入返售金融资产	借					
应收票据	借					
应收账款	借					
预付账款	借					
应收股利	借			客户往来		
应收利息	借					

期初：2011年03月

图 4-18　"期初余额录入"对话框

② 在图 4-18 所示的对话框中，将鼠标光标移到需要输入数据的"期初余额"栏，直接输入数据即可。

③ 如果用户是在年中启用，还可以在"累计借方"和"累计贷方"栏内录入年初至建账月份的借、贷方累计发生额。

说明

● 只要求录入最末级科目的余额和累计发生数，上级科目的余额和累计发生数由系统自动计算出来。

● 若年中启用，则只要录入末级科目的期初余额及累借、累贷，年初余额将自动计算出来。

● 如果某科目为数量、外币核算，可以录入期初数量、外币余额。但必须先录入本币余额，再录入外币余额。若期初余额有外币、数量余额，则必须有本币余额。

● 在录入辅助核算期初余额之前，必须先设置各辅助核算目录。

予任务 15.2：录入往来辅助核算科目的期初数据

任务目标：掌握个人往来、客户往来及供应商往来等辅助核算科目期初数据的录入。
案例数据：往来账资料如下面表格所示。

1. 应收账款明细账期初余额（客户往来）

日　期	凭证号	客　户	摘　要	方　向	金　额	业务员	票　号
2011.2.13	转字 009 号	万博科技	销售商品	借	100 000.00	周文	F001
2011.2.22	转字 012 号	华大	销售商品	借	200 000.00	刘东	F003

2. 其他应收款明细账期初余额（个人往来）

日　期	凭证号	部　门	业务员	摘　要	方　向	金　额
2011.2.25	付字 019 号	销售部	周文	预支差旅费	借	5 000.00

3. 应付账款明细账期初余额（供应商往来）

日　期	凭证号	客　户	摘　要	方　向	金　额	业务员	票　号
2011.1.25	转字 028 号	丰华	购买材料	贷	68 000.00	赵亮	S005
2011.2.21	转字 021 号	凯特五金	购买材料	贷	54 000.00	李国林	S016

 操作步骤

以"应收账款"为例。

① 在图 4-18 所示的对话框中，将鼠标移到设有往来核算的科目后的"期初余额"栏上，用鼠标双击，系统出现"客户往来期初"对话框，如图 4-19 所示。

② 在图 4-19 所示的对话框中，单击"增加"按钮，屏幕增加一条新的期初明细，可顺序输入各项内容。如果输入过程中发现某项输入错误，可按"Esc"键取消输入，将鼠标光标移到需要修改的编辑项上，直接输入正确的数据即可。如果想放弃整行增加的数据，在取消当前输入后，再按"Esc"键即可。

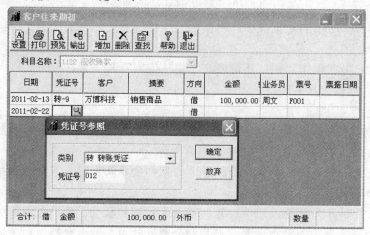

图 4-19 "客户往来期初"对话框

③　如果需要修改某个数据，将鼠标光标移到要进行修改的数据上，直接输入正确数据即可，如果想放弃修改，按"Esc"键即可。

④　要删除某一期初明细时，将鼠标光标移到要删除的期初明细上，用鼠标单击"删除"按钮即可。

- 屏幕下端的状态栏显示期初的合计数。
- 在输入客户、供应商、部门、个人、项目信息时，单击🔍按钮或"F2"键可参照输入。
- 单击"查找"按钮可对辅助期初明细进行查找定位。
- 如果期初余额试算不平衡，将不能记账，但用户可以填制凭证。
- 若用户已经使用本系统记过账，则不能再录入、修改期初余额，也不能执行"结转上年余额"的功能。

提示　录入完所有余额后，可以用鼠标单击"试算"按钮，系统出现"期初试算平衡表"对话框，如图 4-20 所示，可检查余额是否平衡；也可单击"对账"按钮，系统出现如图 4-21 所示的"期初对账"对话框，单击"开始"按钮进行对账，可检查总账、明细账、辅助账的期初余额是否一致。

图 4-20　"期初试算平衡表"对话框

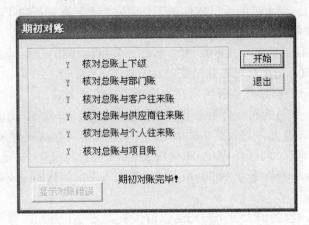

图 4-21　"期初对账"对话框

项目模块 5

凭证管理

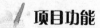 **项目功能**

记账凭证的处理。

对记账凭证进行出纳签字。

记账凭证的审核与记账。

期末处理。

学习目标

学习完本项目模块，学员可以具备"用友通"会计信息化系统中"账务处理"模块的日常凭证管理操作技能，这是作为采用"用友通"财务电算化系统的财务会计人员必备的岗位技能。

知识链接： 记账凭证是登记账簿的依据，在实行计算机处理账务后，电子账簿的准确与完整完全依赖于记账凭证。在实际工作中，用户可直接在计算机上根据审核无误准予报销的原始凭证填制记账凭证（前台处理），也可以先由人工制单而后集中输入（后台处理）。

任务 16：凭证处理

任务目标： 掌握记账凭证的录入操作；掌握记账凭证的修改操作；掌握记账凭证的作废与删除操作；掌握记账凭证的查询操作；掌握科目汇总操作；掌握模式凭证的设置操作。

知识链接： 记账凭证的处理是会计核算电算是核心模块，也是现实会计电算化后会计人员所必须要进行的一项大量的、日常性的工作，它为登记账簿提供了直接的依据。

案例数据： 日常业务资料。

任务要求： 凭证由操作员"3302 号 李明"填制，"3303 号 陈霖"进行出纳签字，"3301 号 张玲"审核、记账、对账并结账。

业务资料：（部分资料，其他资料附在本模块正文内容之后。）

（1）3 月 1 日，公司购入一台不需要安装的生产设备，价款 10 万元，增值税为 1.7 万元，另支付运杂费 2 000 元，包装费 1 000 元，款项均以工行存款支付（转支 001）。

（2）3 月 2 日，向凯特五金厂购入 B 材料 2 000 千克，每千克 29 元，计 5.8 万元，进项增值税额为 9 860 元，运杂费为 2 000 元，材料尚未入库，货款尚未支付（业务员，赵亮；票号 S032）。

（3）3 月 2 日，收到华大公司归还的以前欠货款共 20 万元，存入工行存款户（转支

007；业务员，刘东；票号 F003）。

（4）3 月 5 日，财务部张玲预支差旅费 2 000 元，以现金支付。

 操作步骤

① 以制单人员的身份，注册登入"用友通"总账系统。

② 在"用友通"会计信息化系统主界面中，选择"总账"下的"凭证"—"填制凭证"菜单命令，如图 5-1 所示。也可直接在"总账系统"界面的中直接单击"填制凭证"快捷按钮，系统出现"填制凭证"的对话框，如图 5-2 所示。

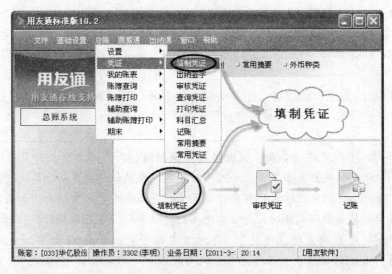

图 5-1 "填制凭证"菜单命令

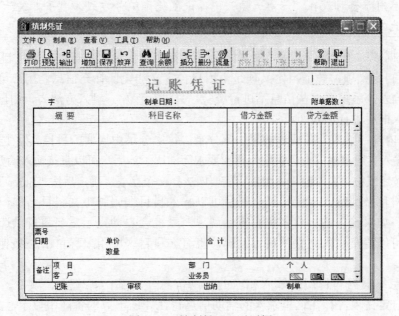

图 5-2 "填制凭证"对话框

会计信息化基础（用友版）

子任务 16.1：填制凭证

任务目标：掌握会计凭证填制的操作方法。

 操作步骤

① 在图 5-2 所示的对话框中，系统最初出现的是一张空白的、通用的"记账凭证"，用鼠标单击"增加"按钮或直接按"F₅"键，增加一张新的空白凭证，鼠标光标定位在凭证类别上。如果用户在初始设定中选定凭证类别为"收"、"付"、"转"这 3 类时，系统默认新的空白凭证为"收款凭证"，用户可更改所要的凭证类别。

② 凭证类别：确定凭证的类别字，可以用鼠标单击🔍按钮或按"F₂"键，参照选择一个凭证类别，确定后按"Enter"键，系统将自动生成凭证编号，并将鼠标光标定位在制单日期上。

③ 制单日期：系统自动取进入账务前输入的业务日期为记账凭证填制的日期，如果日期不对，用户可进行修改或单击⬜按钮参照输入。

说明

● 一般情况下，凭证编号由系统分类按月自动编制，即每类凭证每月都从 0001 号开始。对于网络用户，如果是几个人同时制单，在凭证的右上角，系统提示了一个参考凭证号，真正的凭证编号只有在凭证已填制并保存完毕后才给出。如果只有一个人制单或使用单用户版制单时，凭证右上角的凭证号就是正在填制的凭证的编号。

● 系统同时也自动管理凭证页号，系统规定每页凭证有 5 笔分录，当某号凭证不只一页，系统自动将在凭证号后标上几分之一，如收-0001 号 0002/0003 表示为收款凭证第 0001 号凭证共有 3 张分单，当前鼠标光标所在分录在第二张分单上。如果在启用账套时或在"账簿选项"中，设置凭证编号方式为"手工编号"，则用户可在此处手工录入凭证编号。

④ 附单据数：在"附单据数"处输入原始单据张数，输完后按"Enter"键。

⑤ 凭证自定义项：凭证自定义项是由用户自定义的凭证补充信息。用户可以根据需要自行定义和输入，系统对这些信息不进行校验，只进行保存。输入方法为，用鼠标单击凭证右上角的输入框后进行输入即可。

⑥ 凭证内容：输入本张凭证的每一笔分录。每笔分录由摘要、科目、发生金额组成。

摘要：输入本笔分录的业务说明，摘要要求简洁明了。用户可以直接输入摘要，也可以用鼠标单击🔍按钮或按"F₂"键，调用常用摘要库选择一个摘要，确定后按"Enter"键确认。

科目：科目必须输入末级科目。科目可以输入科目编码、中文科目名称、英文科目名称或助记码。如果输入的科目名称有重名现象，系统会自动提示重名科目供选择。输入科目时，用户可以直接录入完整的科目编码，也可在科目区中用鼠标单击🔍按钮或按"F₂"键参照录入。

辅助信息：根据科目属性输入相应的辅助信息。如部门、个人、项目、客户、供应商、数量、自定义项等。在这里录入的辅助信息将在凭证下方的备注中显示，如图 5-3 所示。当用户需要对所录入的辅助项进行修改时，可用鼠标左键双击所要修改的项，系统显示

52

辅助信息录入窗口后，可进行修改。

图 5-3 "辅助信息"显示框

说明 若科目为银行科目，屏幕提示用户输入"结算方式"、"票号"及"日期"。

其中，"结算方式"输入银行往来结算方式，"票号"应输入结算号或支票号，"票据日期"应输入该笔业务发生的日期，"票据日期"主要用于银行对账。

金额：即该笔分录的借方或贷方本币发生额，金额不能为零，但可以是红字，红字金额以负数形式输入。如果方向不符，可按空格键调整金额方向。按下"Ctrl+L"组合键可显示或隐藏数据位线（除千分线外）。

提示 在录入金额时，有时要运用到当前系统的动态余额。此时可单击工具栏上的按钮，实时调出当前账户的最新余额信息，如图 5-4 所示。

图 5-4 "最新余额一览表"对话框

⑦ 凭证全部录入完毕后，单击"保存"按钮或按"F₆"键保存这张凭证；单击"放弃"按钮放弃当前增加的凭证。也可用鼠标单击"增加"按钮，继续填制下一张凭证。若想放弃当前未完成的分录的输入，可单击"删行"按钮或"Ctrl+D"组合键删除当前分录。

⑧ 一批凭证填完后，用鼠标单击"退出"按钮或通过菜单"文件"下的"退出"命令退出制单功能模块。

提示
● 系统默认应按时间顺序填制凭证，即每月内的凭证日期不能倒流，后加的凭证日期不得早于前面已有的凭证的日期。但用户也可解除这种限制，即在"账簿选项"中，将其中的账套参数"制单序时"取消。

● 如果用户在"账簿选项"中，设置了"制单权限控制到科目"选项，那么在制单时不能使用无权限的科目进行制单。在填制凭证中只能输入末级部门。

● 项目核算的科目必须先在项目定义中设置相应的项目大类，才能在制单中使用。

● 若科目既核算外币又核算数量，则单价为外币单价，外币=数量×单价。

● 凭证一旦保存，其凭证类别、凭证编号将不能再修改。

子任务 16.2：修改记账凭证

任务目标：掌握会计凭证的修改操作。

 操作步骤

① 在图 5-1 中，进入"填制凭证"对话框，系统自动调出最后一次保存的记账凭证，如图 5-5 所示。

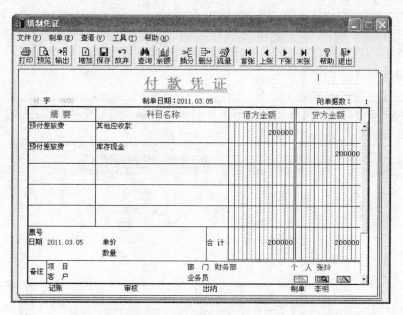

图 5-5 "填制凭证"对话框

② 在图 5-5 所示的对话框中，用户通过单击 按钮翻页查找或单击 按钮输入查询条件，找到要修改的凭证。

③ 将鼠标光标移到制单日期处，可修改制单日期。

④ 若要修改附单据数、摘要、科目、外币、汇率、金额，可直接将鼠标光标移到需要修改的地方进行修改即可。

⑤ 凭证下方显示每条分录的辅助项信息，若要修改某辅助项，则将鼠标光标移到要修改的辅助项处，双击鼠标左键，屏幕显示辅助项录入窗，可直接在上面修改即可。

⑥ 若要修改金额方向，可在当前金额的相反方向，按空格键。

⑦ 单击"插行"按钮或按"Ctrl+I"组合键可在当前分录前插入一条分录。单击"删行"按钮或按"Ctrl+D"组合键可删除当前光标所在的分录。

⑧ 修改完毕后，单击"保存"按钮保存当前修改；单击"放弃"按钮放弃当前凭证的修改。

说明

● 若在"账簿选项"中设置了"制单序时"的选项，那么在修改制单日期时，不能在上一编号凭证的制单日期之前。

● 若在"账簿选项"中设置了"不允许修改、作废他人填制的凭证"，则不能修改他人填制的凭证。

● 如果某笔涉及银行科目的分录已录入支票信息，并对该支票做过报销处理，修改该分录，将不影响"支票登记簿"中的内容。

● 外部系统传过来的凭证不能在总账系统中进行修改，只能在生成该凭证的系统中进行修改。

子任务 16.3：记账凭证的作废与删除

任务目标：掌握会计凭证的作废与删除操作。

作废凭证：指被标上"作废"标志的记账凭证，即无效凭证。作废凭证仍保留凭证内容及凭证编号，只在凭证左上角显示"作废"字样。作废凭证不能修改，不能审核。在记账时，不对作废凭证作数据处理，相当于一张空凭证。在账簿查询时，也查不到作废凭证的数据。作废的记账凭证还可被恢复。

删除凭证：是指从系统中彻底删除记账凭证。删除了的凭证不可再恢复。系统只对作了"作废"标志的作废凭证进行删除。对已记账的凭证不能进行删除。

 操作步骤

① 在总账系统主界面中，进入"填制凭证"界面，通过单击 首张 上张 下张 末张 按钮翻页查找或单击 查询 按钮输入查询条件，找到所要作废的凭证。

② 用鼠标单击菜单"制单"下的"作废/恢复"菜单命令，凭证左上角显示"作废"字样，如图 5-6 所示，表示已将该凭证作废。

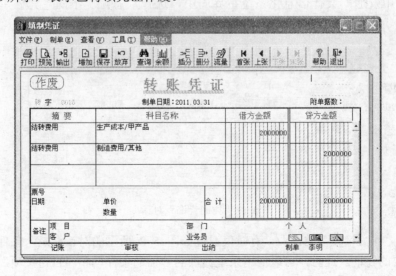

图 5-6　作废的记账凭证

③ 若当前凭证已作废，用鼠标单击菜单"制单"下的"作废/恢复"菜单命令，可取消作废标志，并将当前凭证恢复为有效凭证。

④ 当用户要彻底删除某张记账凭证，可先对该凭证作"作废"标志，然后用鼠标单击菜单"制单"下的"整理凭证"菜单命令，系统提示用户所要整理的凭证所在的月份，默认为当前月份，选定月份后，单击"确定"按钮，系统列出已作了"作废"标志的记账凭证，如图5-7所示。

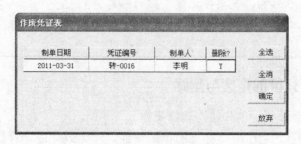

图5-7　作废记账凭证列表

⑤ 在图 5-7 所示的列表中，在所要删除的凭证行后的"删除"栏上用鼠标左键双击，系统出现"Y"标志，再单击"确定"按钮，即可彻底删除该凭证。

⑥ 删除后，系统提示"是否还需整理凭证断号"，单击"是"按钮，可对删除凭证所可能制成的凭证断号进行整理。

子任务 16.4：记账凭证的查询

任务目标：掌握会计凭证的查询操作。

 操作步骤

① 在"用友通"会计信息化系统主界面中，选择"总账"下的"凭证"—"查询凭证"菜单命令，系统出现"凭证查询"对话框，如图5-8所示。

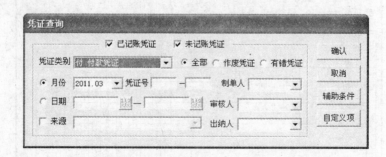

图5-8　"凭证查询"对话框

② 对于凭证数量较多的企业，有时仅通过如图 5-8 所示的对话框录入条件，难以快速查询到所需要的凭证。此时，可以借用系统提供的"辅助条件"和"自定义项"两个辅助功能达到快速查询的目的，如图5-9和图5-10所示。

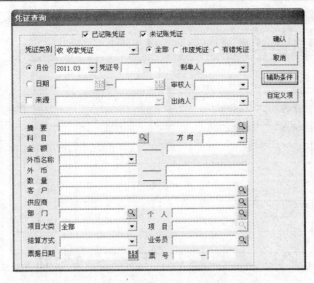

图 5-9 "凭证查询"辅助条件对话框

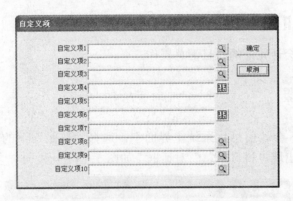

图 5-10 "凭证查询"—"自定义项"对话框

③ 录入完相应条件后，单击"确认"或者"确定"按钮，系统显示出满足用户所设置的条件的所有凭证列表，如图 5-11 所示。

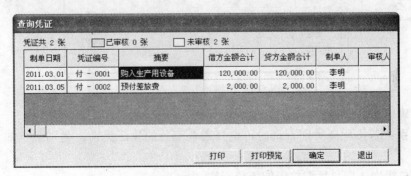

图 5-11 "查询凭证"结果列表

④ 在图 5-11 所示的列表中，在分录行上用鼠标双击，系统调出原记账凭证界面，如图 5-12 所示，供用户查询。

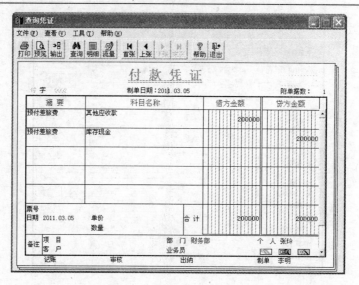

图 5-12 "查询凭证"显示界面

子任务 16.5：科目汇总

任务目标： 掌握会计凭证的科目汇总操作。

 操作步骤

① 在"用友通"会计信息化系统主界面中，选择"总账"下的"凭证"—"科目汇总"菜单命令，系统出现"科目汇总"对话框，如图 5-13 所示。

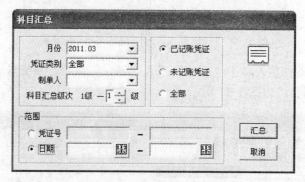

图 5-13 "科目汇总"对话框

月份： 确定要汇总哪个会计月度的记账凭证。

凭证类别： 若按凭证类别查询时可选择需要汇总的凭证类别。类别为全部，则汇总所有的类别。

科目汇总级次： 指科目汇总表的汇总级次。

凭证号： 当凭证类别指定时，可输入要汇总的起止凭证号。

日期： 当不指定凭证号范围时，可输入汇总的起止日期。

凭证汇总范围： 系统提供 3 种汇总范围，已记账凭证、未记账凭证、全部。用户可以用鼠标单击某一单选框选择所需的汇总方式。

表内科目及表外科目：满足金融行业对科目类型设置的特殊要求，若科目类型有“表外科目”，则在各查询对话框中可选择相应的查询内容。

② 在图 5-13 所示的对话框中，用户根据需要输入汇总条件后，单击“汇总”按钮，系统显示科目汇总表，如图 5-14 所示。

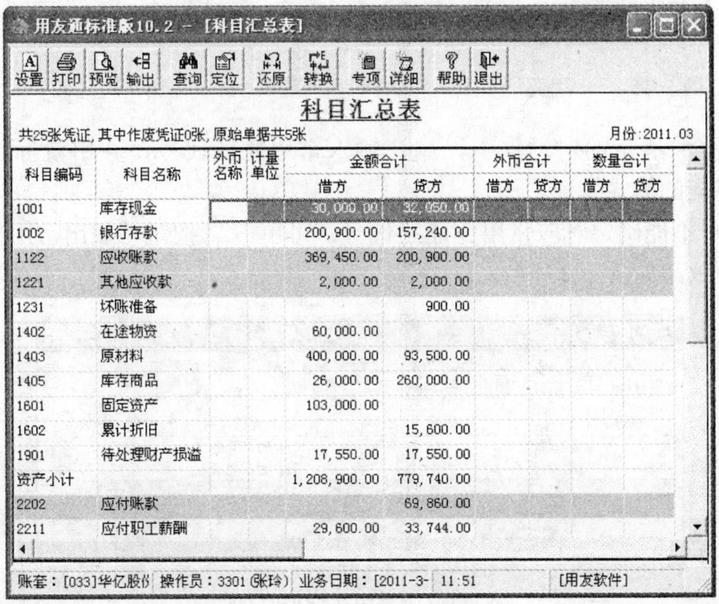

科目编码	科目名称	外币名称	计量单位	金额合计		外币合计		数量合计	
				借方	贷方	借方	贷方	借方	贷方
1001	库存现金			30,000.00	32,050.00				
1002	银行存款			200,900.00	157,240.00				
1122	应收账款			369,450.00	200,900.00				
1221	其他应收款			2,000.00	2,000.00				
1231	坏账准备				900.00				
1402	在途物资			60,000.00					
1403	原材料			400,000.00	93,500.00				
1405	库存商品			26,000.00	260,000.00				
1601	固定资产			103,000.00					
1602	累计折旧				15,600.00				
1901	待处理财产损溢			17,550.00	17,550.00				
资产小计				1,208,900.00	779,740.00				
2202	应付账款				69,860.00				
2211	应付职工薪酬			29,600.00	33,744.00				

图 5-14　科目汇总表

③ 鼠标光标在科目汇总表的某一科目行上时，单击按钮，则显示该明细科目汇总表。

④ 如果凭证中存在红字，单击“切换”按钮，可按两种方式进行展开。

子任务 16.6：模式凭证

任务目标：掌握模式凭证的生成与调用操作。

知识链接：在企业日常活动中，经常会重复发生一些相同的经济业务，如提取现金等，这些业务所要编制的记账凭证格式是一样的。针对这类业务，“用友通”总账系统提供了“常用凭证”（即模式凭证或凭证模板）功能，用户在编制这些记账凭证时，可把它“保存为常用凭证”，以后遇到相同的业务，即可“调用常用凭证”，提高效率。

操作步骤

① 生成常用凭证，在填制凭证过程中，当用户需要把某张凭证当作为常用凭证保存时，可单击菜单“编辑”下的“生成常用凭证”菜单命令，系统出现一个“常用凭证生成”对话框，如图 5-15 所示，用户确定一个代号和说明（摘要）后，单击“确认”按钮，便生成了一张模式凭证。

② 调用常用凭证，在填制凭证过程中，当用户需要调用一张模式凭证当作当前的记账

凭证时，可单击菜单"编辑"下的"调用常用凭证"菜单命令或直接按"F₄"键，系统出现"调用常用凭证"对话框，如图 5-16 所示。

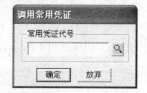

图 5-15 "常用凭证生成"对话框　　　　图 5-16 "调用常用凭证"对话框

③ 在图 5-16 所示的对话框中，用户输入常用凭证代号，并用鼠标单击"确定"按钮，即可调出对应的模式凭证。

④ 如果用户不能确定对应常用凭证的代号，可单击 🔍 按钮，调出常用凭证库，从中选择所需的凭证模板，如图 5-17 所示。

图 5-17 "常用凭证"对话框

⑤ 在图 5-17 所示的窗口中，用户单击所需要的模式凭证行，在这里，用户可通过单击 按钮来查看或修改该张常用凭证，然后单击 按钮，调入模式凭证。

⑥ 在图 5-17 所示的窗口中，用户也可通过单击 按钮或 按钮来增加或删除常用凭证库中的模式凭证。

任务 17：记账凭证的出纳签字

任务目标： 掌握记账凭证的出纳签字操作。

知识链接： 出纳凭证由于涉及企业现金及银行存款的收入与支出，应加强对出纳凭证的管理。出纳人员可通过出纳签字功能对制单员填制的带有现金及银行存款科目的凭证进行检查核对，主要核对出纳凭证的出纳科目的金额是否正确。审查认为错误或有异议的凭证，应交给填制人员修改后再核对。

 操作步骤

① 以出纳人员的身份，注册登入"用友通"总账系统。

② 在"用友通"会计信息化系统主界面中，选择"总账"下的"凭证"—"出纳签字"菜单命令，系统出现"出纳签字"对话框，如图 5-18 所示。

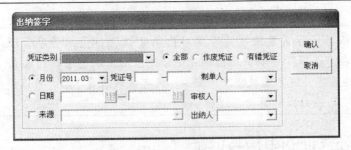

图 5-18　"出纳签字"对话框

③ 在图 5-18 所示的对话框中，输入出纳凭证的条件后，单击"确认"按钮，系统显示"出纳签字"凭证一览表，如图 5-19 所示。

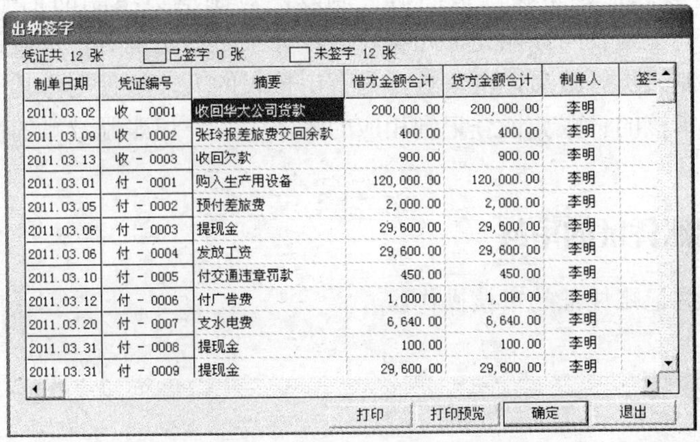

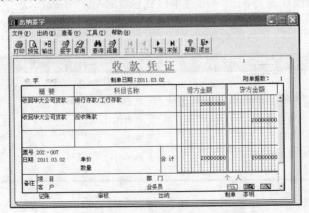

图 5-19　"出纳签字"　凭证一览表

④ 在凭证一览表中用鼠标双击某张凭证，则屏幕显示该凭证，如图 5-20 所示。

图 5-20　"出纳签字"凭证界面

⑤ 在确认要签字的凭证界面中，选择"出纳"下的"签字"菜单命令，或单击工具栏上的按钮，即可实现对该凭证进行出纳签字，同时出纳员的名字就会出现在凭证下边的"出纳"签名后。

⑥ 若想对已签字的凭证取消签字，选择"出纳"下的"取消签字"菜单命令，或单击工具栏上的按钮，即可实现对该凭证进行取消出纳签字的操作。

说明

● 企业可根据实际需要决定是否要对出纳凭证进行出纳签字管理，若不需要此功能，可在"选项"中取消"出纳凭证必须经由出纳签字"的设置。

● 凭证一经签字，就不能被修改、删除，只有被取消签字后才可以进行修改或删除。

● 取消签字只能由出纳员自己进行。

任务 18：记账凭证的审核与记账

任务目标： 掌握记账凭证的审核操作；掌握凭证的记账操作；掌握凭证的反记账操作。

知识链接： 审核凭证是审核员按照财会制度，对制单员填制的记账凭证进行检查核对，主要审核记账凭证是否与原始凭证相符，会计分录是否正确等。审查认为错误或有异议的凭证，应交给填制人员修改后，再审核，只有审核权的人才能使用本功能。记账（过账、登记账簿）是将已审核的记账凭证登记到相应的账簿中去。记账是结账的前提工作，也是报表数据的直接来源。

子任务 18.1：记账凭证的审核

任务目标： 掌握记账凭证的审核操作。

 操作步骤

① 以审核人员的身份，注册登入"用友通"总账系统。

② 在"用友通"会计信息化系统主界面中，选择"总账"下的"凭证"—"审核凭证"菜单命令，或直接在主界面上单击"审核凭证"按钮，系统出现"凭证审核"对话框，如图 5-21 所示。

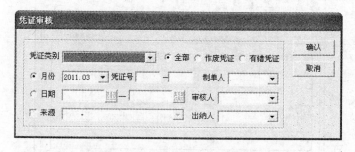

图 5-21 "凭证审核"对话框

③ 在图 5-21 所示的对话框中，用户设定好要审核的凭证的条件后，系统显示满足条件的凭证一览表，如图 5-22 所示。

④ 在凭证一览表中用鼠标双击某张凭证，则屏幕显示此张凭证，如图 5-23 所示，如果此凭证不是我们要审核的凭证，可用鼠标单击"首张"、"上张"、"下张"、"末张"按钮翻页查找或单击"查询"按钮，输入条件查找。

图5-22 "凭证审核"凭证一览表

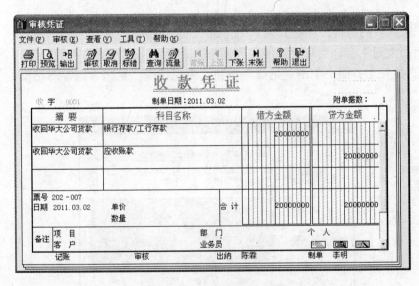

图5-23 "审核凭证"界面

⑤ 当屏幕显示待审核凭证时，用户可进行审核，通过菜单"查看"下的"科目转换"，可切换显示科目编码和科目名称，用↑或↓键在分录中移动时，凭证下将显示当前分录的辅助信息。

⑥ 在确认要审核的凭证界面中，选择"审核"下的"审核凭证"菜单命令，也或直接按"F₁₂"键或单击工具栏上的 按钮，即可实现对该凭证进行审核，同时在审核处自动签上审核人名，即该张凭证审核完毕，系统自动显示下一张待审核凭证。

⑦ 若审核人员发现该凭证有错误，可单击 按钮，对凭证进行标错（即在凭证页面的左上角用红字标上"有错"标志），以便制单人可以对其进行修改。

⑧ 若想对已审核的凭证取消审核，选择"审核"下的"取消审核"菜单命令，或单击工具栏上的 按钮，即可实现对该凭证进行取消审核的操作。

说明

- 审核人除了要具有审核权限外，还需要有对待审核凭证制单人所制凭证的审核权限，这个权限可在"明细权限"中设置。
- 审核人和制单人不能是同一个人。
- 凭证一经审核，就不能被修改、删除，只有被取消审核签字后才可以进行修改或删除。
- 取消审核签字只能由审核人自己进行。
- 作废凭证不能被审核，也不能被标错。
- 已标错的凭证不能被审核，若想审核，需先单击"取消"按钮取消标错后才能审核。

子任务 18.2：记账凭证的记账

任务目标：掌握记账凭证的记账操作。

操作步骤

① 以记账人员的身份，注册登入"用友通"总账系统。

② 在"用友通"会计信息化系统主界面中，选择"总账"下的"凭证"—"记账"菜单命令，或直接在主界面上单击"记账"按钮，系统出现"记账"向导对话框，如图 5-24 所示。

图 5-24　凭证记账向导 1

③ 在图 5-24 中，系统列出各期间的未记账凭证范围清单，并同时列出其中的空号与已审核凭证范围，若编号不连续，则用逗号分割，若显示宽度不够，可用鼠标拖动表头调整列宽查看。

④ 在向导 1 中的"记账范围"栏内输入所要记账的凭证号，如"1-3，5，7-9"表示所要记账的凭证号为"1"、"2"、"3"、"5"、"7"、"8"、"9"，如果要全部记账，则可直接单击"全选"按钮。

⑤ 记账范围选择完成后，用鼠标单击"下一步"，系统先对凭证进行合法性检查，如果发现不合法凭证，系统将提示错误。如果未发现不合法凭证，屏幕显示所选凭证的汇总表及凭证的总数，如图 5-25 所示，供用户进行核对。如果需要打印汇总表，用户用鼠标单击

"打印"按钮即可。

⑥ 核对无误后，用鼠标单击"下一步"按钮，进入记账界面，如图 5-26 所示。

图 5-25 凭证记账向导 2

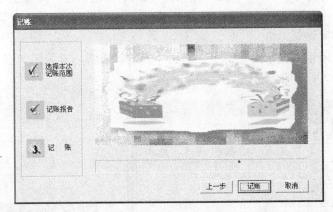

图 5-26 凭证记账向导 3

⑦ 以上工作都确认无误后，用户用鼠标单击"记账"按钮，系统再次显示试算结果，如图 5-27 所示，用户单击"确认"按钮后系统开始登账工作。

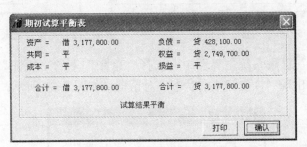

图 5-27 凭证记账向导 4

说明

● 在第一次记账时，若期初余额试算不平衡，系统将不允许记账。
● 所选范围内的凭证如有不平衡凭证，系统将列出错误凭证，并重选记账范围。
● 所选范围内的凭证如果有未复核凭证时，系统提示是否只记已审核凭证或重选记账范围。

子任务 18.3：记账凭证的反记账

任务目标： 掌握记账凭证的反记账操作。

知识链接： 当系统在记账时，万一发生记账被中断，系统将自动进本功能恢复中断状态，然后让用户重新记账。另外由于某种原因，事后发现本月记账有错误，利用反记账功能则可将本月已记账的凭证全部重新变成未记账凭证，进行修改，然后再记账。

 操作步骤

① 以财务主管人员的身份，注册登入"用友通"总账系统。

② 在"用友通"会计信息系统主界面中，选择"总账"下的"期末"—"对账"菜单命令，系统出现"对账"的对话框，如图 5-28 所示。

在图 5-28 所示的对话框中，按键盘上的"Ctrl+H"组合键，系统提示"恢复记账前状态功能已初激活"，如图 5-29 所示。如果"恢复记账前状态"功能已是激活状态下，按"Ctrl+H"组合键将隐藏该功能。

③ 在图 5-29 所示的提示对话框中，单击"确定"按钮，再关闭如图 5-28 所示的"对账"对话框，回到"用友通"总账系统主界面。

图 5-28 "对账"对话框　　　　　图 5-29 "恢复记账前状态功能"激活提示

④ 在"用友通"总账系统主界面中，选择"总账"下的"凭证"—"恢复记账前状态"菜单命令，系统出现"恢复记账前状态"对话框，如图 5-30 所示。

图 5-30 "恢复记账前状态"对话框

⑤ 在图 5-30 所示的对话框中,选择要恢复的方式,单击"确定"按钮,系统提示"请输入主管口令"后,单击"确定"按钮,即可完成反记账操作。

说明
- 已结账的月份,不能恢复记账前状态。
- 只有财务主管才能恢复到月初的记账前状态。

任务 19:期末处理

任务目标:掌握自定义转账记账凭证的设置与生成操作;掌握期末汇兑损益的处理;掌握期末期间损益的结转处理。

知识链接:自定义转账记账凭证类似与模式凭证,其最主要的特点就是根据用户事先设定的取数公式,在生成时自动取数,主要用于期末各项费用的结转。结转汇兑损益与期间损益的凭证格式各月都是一样的。所以"用友通"会计信息化系统已把这两项损益的结转凭证已设置好,用户只要按系统的向导提示即可方便生成,无须由用户事先设置。

子任务 19.1:自定义转账凭证

任务目标:掌握自定义转账记账凭证的设置与生成操作。

操作步骤

① 在"用友通"总账系统主界面中,选择"总账"主菜单下的"期末"—"转账定义"—"自定义转账设置"菜单命令,屏幕显示"自动转账设置"对话框,如图 5-31 所示。

② 用鼠标单击[增加]按钮,可定义一张转账凭证,屏幕弹出"转账目录"对话框,如图 5-32 所示。

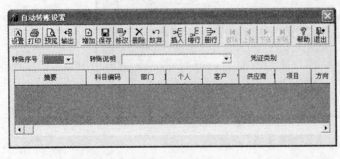

图 5-31 "自动转账设置"对话框　　　图 5-32 "转账目录"对话框

- 转账序号:是该转账凭证的代号,转账编号不是凭证号,转账凭证的凭证号在每月转账时自动产生。一张转账凭证对应一个转账编号,转账编号可任意定义,但只能输入数字 1~9,不能重号。
- 转账说明:可单击[　]按钮或按"F2"键参照常用摘要录入,也可手工输入。

- 凭证类别：定义该转账凭证的凭证类别。

③ 在图 5-32 所示的对话框中，用户录入各项信息后，单击"确定"按钮，开始定义转账凭证分录信息。

- 摘要：录入每笔转账凭证分录的摘要，在生成时作为自定义凭证的摘要。
- 科目：录入每笔转账凭证分录的科目，可单击🔍按钮参照输入科目编码。
- 部门：当输入的科目为部门核算科目，如要按某部门进行结转，则需在此指定部门；若此处不输入，即表示按所有部门进行结转（或该科目有发生的部门，详见"转账生成"部分），对于非部门核算科目，此处不必输入。
- 项目：参考"部门"的设置说明。
- 个人：参考"部门"的设置说明。
- 客户：参考"部门"的设置说明。
- 供应商：参考"部门"的设置说明。
- 公式：单击可参照录入计算公式（对于初级用户，建议通过参照录入公式，对于高级用户，若已熟练掌握转账公式，也可直接输入转账函数公式）。

④ 公式录入完毕后，按"Enter"键，可继续编辑下一条转账分录。也可单击按钮，从中间插入一行。

⑤ 设置完毕后，单击按钮，完成自定义转账的设置。

⑥ 生成自定义凭证，用户可在"用友通"总账系统主界面中，选择"总账"主菜单下的"期末"—"转账生成"菜单命令，也可直接单击主界面中的"月末转账"图标，屏幕显示"转账生成"对话框，如图 5-33 所示。

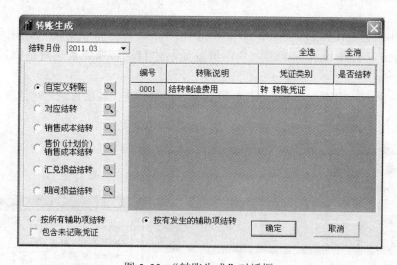

图 5-33 "转账生成"对话框

⑦ 在图 5-33 所示的对话框中，移动鼠标到所要生成的自定义转账凭证后的"是否结转"栏上，双击鼠标，系统就会在该栏内显示"Y"标志（再次双击鼠标，可取消该标志）。并在左下角选择好辅助项的结转方式，单击"确定"按钮，系统便会显示出要生成的转账凭证供用户预览，如图 5-34 所示。

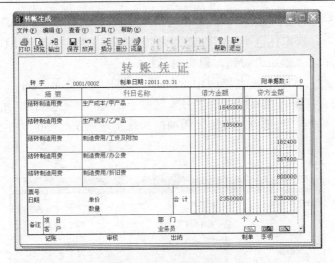

图 5-34 "转账生成"凭证预览对话框

⑧ 在图 5-34 所示的对话框中，单击 按钮，系统在预览凭证对话框左上角标上红字的"已生成"字样，表明生成了一张自定义的转账凭证，如果不想生成，可单击"放弃"按钮放弃操作。

子任务 19.2：期末汇兑损益

任务目标： 掌握期末汇兑损益设置与生成操作。

案例数据： 2011 年 3 月 31 日，美元的汇率为 6.80 元，通过"转账定义与生成"的方式进行期末汇兑损益的调整。

 操作步骤

① 在"用友通"系统主界面中，选择"基础设置"主菜单下的"财务"—"外币各类"菜单命令，系统弹出"外币设置"对话框，用户在左边选择"美元"，然后在 2011 年 3 月那一行的"调整汇率"栏内输入"6.7"，按"Enter"键后，再单击"退出"按钮，回到主界面。

② 在"用友通"总账系统主界面中，选择"总账"主菜单下的"期末"—"转账定义"—"汇兑损益"菜单命令，系统出现"汇兑损益结转设置"对话框，如图 5-35 所示。用户也可直接单击主界面中的"月末转账"图标，屏幕显示如图 5-33 所示的"转账生成"对话框，单击"汇兑损益结转"后的 按钮。

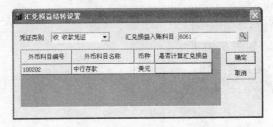

图 5-35 "汇兑损益结转设置"对话框

③ 在图 5-35 所示的对话框中的"汇兑损益入账科目"后输入入账的科目编号，如 6061（"汇兑损益"），选定凭证类别后，在"是否计算汇兑损益"栏上双击鼠标左键，系统出现"Y"标志，单击"确定"按钮，退出对话框。

④ 在"用友通"总账系统主界面中，选择"总账"主菜单下的"期末"—"转账生成"菜单命令，或直接单击主界面中的"月末转账"图标，屏幕显示如图 5-33 所示的"转账生成"对话框。单击"汇兑损益结转"选项，系统出现如图 5-36 所示的"转账生成"对话框。

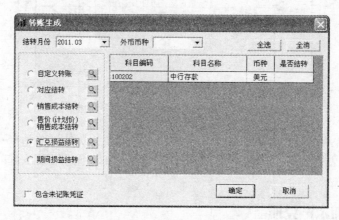

图 5-36 "转账生成"对话框

⑤ 在图 5-36 所示的对话框中，在左下角选定好是否"包含未记账凭证"，再在"是否结转"栏内双击鼠标左键，出现"Y"标志，单击"确定"按钮，系统弹出"汇兑损益试算表"对话框，如图 5-37 所示。

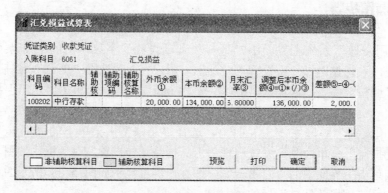

图 5-37 "汇兑损益试算表"对话框

⑥ 在图 5-37 所示的对话框中，单击"确定"按钮，系统便会显示出要生成的结转汇兑损益凭证供用户预览，如图 5-38 所示。

⑦ 在图 5-38 中，单击 ![保存] 按钮，系统在预览凭证窗口左上角标上红字的"已生成"字样，表明生成了一张结转汇兑损益的凭证，如果不想生成，可单击"放弃"按钮放弃操作。

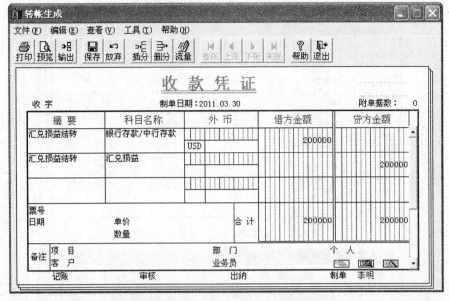

图 5-38 结转"汇兑损益"凭证预览

予任务 19.3：期间损益结转

任务目标：掌握结转期间损益的操作。

知识链接：期间损益的结转，就是将损益类账户的发生额结转到"本年利润"账户，损益类账户又可分为收入收益类和成本费用支出类，所以在进行期末损益结转时，应分两个步骤来进行。

 操作步骤

① 在"用友通"总账系统主界面中，选择"总账"主菜单下的"期末"—"转账定义"—"期间损益"菜单命令，系统出现"期间损益结转设置"对话框，如图 5-39 所示。用户也可直接单击主界面中的"月末转账"图标，屏幕显示如图 5-33 所示的"转账生成"对话框，单击"期间损益结转"后的🔍按钮。

② 在图 5-39 所示的对话框左上角，选定凭证类别，然后录入本年利润科目的代码4103，单击"确定"按钮，退出设置对对话框。

③ 在"用友通"总账系统主界面中，选择"总账"主菜单下的"期末"—"转账生成"菜单命令，或直接单击主界面中的"月末转账"图标，屏幕显示如图 5-33 所示的"转账生成"对话框，单击"期间损益结转"项，系统出现如图 5-40 所示的结转向导对话框。

④ 在图 5-40 所示的对话框左上角，选定好期间，所结转类型确定在"收入"项上，系统列出所有的收入收益类的科目名称，单击"全选"按钮，系统在每一个收入类科目后的"是否结转"栏内标上"Y"标志。单击"确定"按钮，退出设置对话框，系统弹出自动生成的期间损益结转的凭证供用户预览，如图 5-41 所示。

图 5-39 "期间损益结转设置"对话框

图 5-40 "期间损益结转设置"对话框

在图 5-41 中，单击 保存 按钮，系统在预览凭证窗口左上角标上红字的"已生成"字样，表明生成了一张结转汇兑损益的凭证，如果不想生成，可单击"放弃"按钮放弃操作。

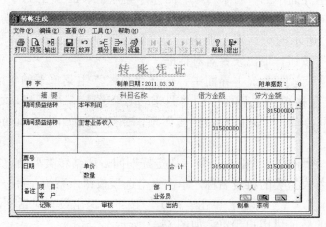

图 5-41 "期间损益结转"凭证预览

⑤ 支出类的期间结转，参考收入类的结转操作。

业务资料

（1）3月1日，公司购入一台不需要安装的生产设备，价款10万元，增值税为1.7万元，另支付运杂费2 000元，包装费1 000元，款项均以工行存款支付（转支001）。

（2）3月2日，向凯特五金厂购入B材料2 000千克，每千克29元，计5.8万元，进项增值税额为9 860元，运杂费为2 000元，材料尚未入库，货款尚未支付（业务员，赵亮；票号S032）。

（3）3月2日，收到华大公司归还的以前欠货款共20万元，存入工行存款户（转支007；业务员，刘东；票号F003）。

（4）3月5日，财务部张玲预支差旅费2 000元，以现金支付。

（5）3月5日，收到投资者作为资本投入的A材料2000千克并验收入库，合同约定该批原材料价值40万元，（不含允许抵扣的进项增值税额6.8万元），投资公司已开具增值税专用发票（未发生资本溢价）。

（6）3月5日，从仓库领用A、B材料各一批价值78 500元，用以生产甲、乙两种产品和其他一般耗用如下。

项　　目	A材料		B材料		合　　计	
	数量（千克）	金额（元）	数量（千克）	金额（元）	数量（千克）	金额（元）
甲产品用	1 000	20 000	600	18 000		38 000
乙产品用	1 000	20 000	300	9 000		29 000
小计	2 000	40 000	900	27 000		67 000
车间使用	500	10 000				10 000
账务部门用			50	1 500		1 500
合计	2 500	50 000	950	28 500		78 500

（7）3月6日，从银行工行存款中提取现金29 600元（现支001），并于当天发放工资（分两张凭证）。

（8）3月9日，张玲回公司报销差旅费1 600元，交还现金400元（分两张凭证）。

（9）3月10日，现金支付交通违章罚款450元。

（10）3月12日，以银行工行存款支付广告费1 000元（转支006）。

（11）3月13日，收回已作为坏账确认的应收万博科技有限公司900元现金（分两张凭证）。

（12）3月13日，出售给华大公司甲商品一批，开出的增值税专用发票上注明售价为35万元，增值税额为5.95万元，该批商品实际成本为26万元，款项尚未收到（分两张凭证）。

（13）3月16日，华大公司要求退回3月13日所购甲商品的10%，经过协商，公司同意了华大公司的退货要求，并按规定向华大公司开具了红字增值税专用发票，发生的销售退回允许扣减当期的增值税销项税额，该批退回的甲商品已验收入库（分两张凭证）。

（14）3月17日，因自然灾害毁损原材料B材料500千克，其实际成本15 000元，应负担的增值税进项税额 2 550 元，尚未经有关部门批准处理。

（15）3 月 20 日，以银行存款支付水电办公费共计 6 640 元，其中车间 3 676 元，总经理办公室 1 964 元，财务部 1 000 元（转支 007）。

（16）3 月 25 日，结转本月职工工资共计 29 600 元。其中，生产甲产品工人工资 14 000 元，乙产品工人工资 6 000 元，车间管理人员工资 1 600 元，采购部人员工资 2 000 元，销售部人员工资 3 600 元，财务部人员工资 2 400 元（如果有启用工资系统的，请在工资系统中自动生成）。

（17）3 月 25 日，按应付工资的 14%计提职工福利（如果有启用工资系统的，请在工资系统中自动生成）。

（18）3 月 31 日，按规定的折旧率，计提本月固定资产折旧 15 600 元。其中，车间固定资产折旧 8000 元，总经理办公室折旧 4 000 元，财务部折旧 3 600 元。

（19）3 月 31 日，经总经理办公室批准，本月毁损的 B 材料确实属于自然灾害原因造成的损失。

（20）3 月 31 日，请查询余额表中制造费用发生额，并按生产工人工资比例将本月发生的制造费用摊配到甲、乙两种产品成本中（自定义结转或手工结转）。

（21）3 月 31 日，本月投产的甲产品全部完工，乙产品全部未完工，结转完工产品成本。

（22）3 月 31 日，结转本月期间损益，并将本月利润结转至未分配利润账户（用期间损益转账定义方法实现自动结转）。

项目模块 6

账 簿 管 理

 项目功能

对账与结账。

基本会计核算账簿的查询与打印。

往来辅助账的管理。

部门辅助账的管理。

 学习目标

学习完本项目模块，学员可以具备"用友通"会计信息化系统中"账务处理"模块的日常账簿管理操作技能，这是作为采用"用友通"财务电算化系统的财务会计人员必备的岗位技能。

知识链接： 对账，是指核对账目。为了保证账簿记录的真实、正确、可靠，对账簿和账户所记录的有关数据加以检查和核对就是对账工作。结账，是指把一定时期内应记入账簿的经济业务全部登记入账后，计算记录本期发生额及期末余额，并将余额结转下期或新的账簿。为了能够及时地了解账簿中的数据资料，并满足对账簿数据的统计分析及打印的需要，在"用友通"会计信息化系统中，系统提供了强大的查询功能，包括基本会计核算账簿的查询和输出、各种辅助核算账簿及现金和银行存款日记账的查询和输出。同时，整个系统还提供了总账、明细账、凭证联查功能。

任务 20：对账与结账

任务目标： 掌握对账操作；掌握结账操作。

予任务 20.1：对账

任务目标： 掌握对账操作。

知识链接： 对账是对账簿数据进行核对，以检查记账是否正确，以及账簿是否平衡。它主要是通过核对总账与明细账、总账与辅助账数据来完成账账核对。为了保证账证相符、账账相符，应经常使用"对账"功能进行对账，至少一个月一次，一般可在月末结账前进行。

 操作步骤

① 在"用友通"会计信息化系统主界面中，选择"总账"下的"期末"—"对账"菜

单命令，系统出现"对账"的对话框，如图6-1所示。

图6-1 "对账"对话框

② 在图 6-1 所示的对话框中，用鼠标双击要进行对账月份的是否对账栏，或将光标移到要进行对账的月份，用鼠标单击 按钮，系统在"是否对账"栏上出现"**Y**"标志，表示已选定了对账月份。此时 按钮变为可用状态。

③ 在图 6-1 所示的对话框左边，选择总账与哪些辅助账进行核对；用鼠标单击 按钮，系统开始自动对账。在对账过程中，按 按钮可停止对账。

④ 若对账结果为账账相符，则在对账月份的"对账日期"栏上显示对账操作的日期，在"对账结果"栏处显示"正确"；若对账结果为账账不符，则对账月份的对账结果处显示"错误"，单击"错误"按钮可查看引起账账不符的原因。

⑤ 单击"试算"按钮，可以对各科目类别余额进行试算平衡。单击"打印"按钮，可打印试算平衡表。

⑥ 单击"退出"按钮退出对账界面。

子任务20.2：结账

任务目标：掌握结账操作。

知识链接：结账指每月月末计算和结转各账簿的本期发生额和期末余额，并终止本期的账务处理工作的过程。结账只能每月进行一次。如果与其他联合使用，其他子系统未全部结账，本系统不能结账；已结账月份不能再填制凭证；结账前，用户最好进行一次数据备份。

操作步骤

① 在"用友通"会计信息化系统主界面中，选择"总账"下的"期末"—"结账"菜单命令，或直接在主界面上单击"月末结账"按钮，系统出现"结账"向导对话框（一），系统自动把光标定位于符合结账条件的月份上，如图6-2所示。

② 在图 6-2 向导对话框中，用鼠标单击"下一步"按钮，屏幕显示结账向导（二）——核对账簿，如图6-3所示。

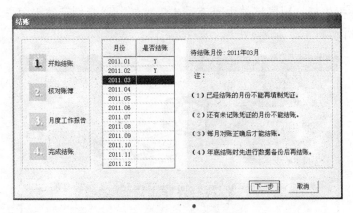

图 6-2 "结账"向导对话框（一）

③ 在图 6-3 所示对话框中，单击"对账"按钮，系统对要结账的月份进行账账核对，在对账过程中，可单击"停止"按钮中止对账；对账完毕后，系统会在每项对账内容前标上红字的"Y"字样，表示对账正确。

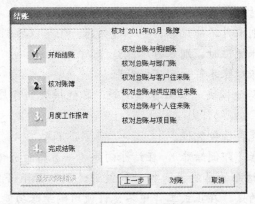

图 6-3 "结账"向导对话框（二）

④ 对账完成后，单击"下一步"按钮，屏幕显示结账向导（三）——月度工作报告，如图 6-4 所示，若需打印，则单击"打印月度工作报告"按钮即可打印。

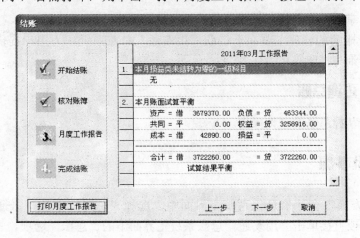

图 6-4 "结账"向导对话框（三）

77

⑤ 查看工作报告后，用鼠标单击"下一步"按钮，屏幕显示结账向导（四）——完成结账，如图6-5所示。

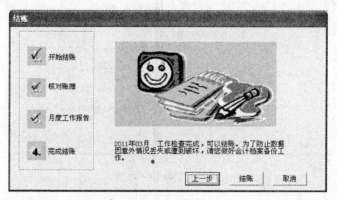

图6-5 "结账"向导对话框（四）

⑥ 单击"结账"按钮，若符合结账要求，系统将进行结账，否则不予结账。

说明

- 结账只能由有结账权的人进行。
- 上月未结账，则本月不能记账，也不能结账。但可以填制、复核凭证。
- 本月还有未记账凭证时，则本月不能结账。
- 若总账与明细账对账不符，则不能结账。
- 若同时启动了其他模块，如工资模块等，其他模块如有月末没处理的，则总账系统不能结账。
- 已结账月份不能再填制凭证。
- 如果要取消结账（即倒结账），在结账向导（一）界面上（如图 6-2 所示），将光标定位在要倒结账的月份上，按功能键为：Ctrl+Shift+F$_6$，输入主管人员密码即可。需要说明的是，在正式工作中不允许使用倒结账功能。

任务21：基本会计核算账簿管理

任务目标：掌握基本会计核算账簿的查询、打印的操作。

知识链接：账簿的管理主要在于借助"用友通"总账系统，为用户提供各种基本的会计核算账簿的查询与打印等相关任务。

子任务21.1：查询总账

任务目标：掌握总账的查询操作。

操作步骤

① 在"用友通"会计信息化系统主界面中，选择"总账"下的"账簿查询"—"总账"菜单命令，或直接单击"用友通"总账系统主界面下的"总账"选项，系统出现"总账查询条件"的对话框，如图6-6所示。

科目：可输入起止科目范围，为空时，系统认为是所有科目。

级次：在确定科目范围后，可以按该范围内的某级科目，如将科目级次输入为 1—1，则只查一级科目，如将科目级次输为 1—3，则只查一至三级科目。如果需要查所有末级科目，则用鼠标选择"末级科目"即可。

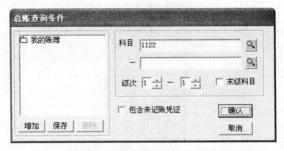

图 6-6 "总账查询条件"对话框

② 用户输入查询条件后，单击"确认"按钮进入总账查询窗口，如图 6-7 所示。

图 6-7 "总账查询"对话框

③ 需要说明的是，要"用友通"系统中，系统默认的总账是按"科目汇总表核算程序"下所产生的总账形式，即每月只有全月的借方和贷方发生额合计，如果要想看到详细的情况，即在"记账凭证核算程序"下的总账，用户可先将光标定位到"本月合计"行，再用鼠标单击 按钮即可，如图 6-8 所示。

④ 在查询过程中，用户可以用鼠标单击科目下拉列表列表框，选择需要查看的科目。

⑤ 在图 6-8 所示的查询结果列示窗口中，用户用鼠标双击发生额的任一行，或先定位光标到某一行，再单击 按钮，即可联查到该笔记录的原记账凭证。

子任务 21.2：查询明细账

任务目标：掌握明细账的查询操作。

知识链接：明细账查询功能用于平时查询各账户的明细发生情况，及按任意条件组合查询明细账。在查询过程中可以包含未记账凭证。本功能提供了 3 种明细账的查询格式，普通明细账、按科目排序明细账、月份综合明细账。查询明细账时，标题显示为所查科目的一级科目名称+明细账，如"应收账款明细账"。联查明细账对应的总账时，总账标题显示为"应收账款总账"。

图 6-8　总账查询结果

操作步骤

① 在"用友通"会计信息化系统主界面中，选择"总账"下的"账簿查询"—"明细账"菜单命令，或直接单击"用友通"总账系统主界面下的"总账"选项，系统出现"总账查询条件"的对话框，如图 6-9 所示。

图 6-9　"明细账查询条件"对话框

按科目范围查询：可输入起止科目范围，为空时，系统认为是所有科目。

月份综合明细账：月份范围条件放开，可实现跨月查询。

月份：选择起止月份，当只查某个月时，应将起止月都选择为同一月份。

是否按对方科目展开：默认为不选，如果选择月份综合明细账则此项置灰。若选择按对方科目展开，则在显示一条凭证分录时，按该分录所对应的对方科目的数据显示。如为对方科目，显示此对方科目的摘要、金额，金额方向与实际方向相反，如为本方科目，则显示此本方科目的摘要、金额*（-1），金额方向与本方科目一致，有几笔显示几笔，同时用户可指定展开科目是按一级科目还是按末级科目展开。

按科目排序：若希望在查询非末级科目明细账时，能看到该科目的明细账分别按其下末级科目分别列示,则可选择"按科目排序"。

② 用户输入查询条件完毕后,用鼠标单击"确认"按钮,屏幕显示明细账查询窗口,如图 6-10 所示。

③ 在图 6-10 明细账查询结果列示窗口中,可以用鼠标单击科目下拉列表框选择需要查看的科目。还可以通过鼠标单击账页格式下拉列表框,选择所需要查询的格式,系统自动根据科目的性质列出选项供用户选择。

应收账款明细账

科目 1122 应收账款   月份:2011.03-2011.03

2011年 月	日	凭证号数	摘要	借方	贷方	方向	余额
			期初余额			借	300,000.00
03	02	收-0001	收回华大公司货款_华大 2002_2011.02.02_刘某		200,000.00	借	100,000.00
03	13	收-0003	收回欠款_万博科技_2011.03.13		900.00	借	99,100.00
03	13	转-0005	冲回确认的坏账_万博科技 2011.03.13	900.00		借	100,000.00
03	13	转-0006	出售甲商品_华大_2011.03.16_周文	409,500.00		借	509,500.00
03	16	转-0008	销售退回_华大_2011.03.16_周文	-40,950.00		借	468,550.00
03			本月合计	369,450.00	200,900.00	借	468,550.00
03			本年累计	369,450.00	200,900.00	借	468,550.00

账套:[033]华亿股份 操作员:3301(张玲) 业务日期:[2011-3- 18:29   [用友软件]

图 6-10 明细账查询结果列示窗口

④ 单击"总账"按钮可查看此科目的总账。用户用鼠标双击发生额的任一行,或先定位光标到某一行,再按凭证按钮,即可联查到该笔记录的原记账凭证。

子任务 21.3:查询序时账

任务目标:掌握序时账的查询操作。

知识链接:序时账,又称日记账,分为普通日记账和特种日记账。普通日记账是按时间顺序排列每笔业务的明细数据,又称分录簿。特种日记账指的是现金日记账和银行存款日记账。本功能所指的查询功能用于平时查询各账户的明细发生情况,及按任意条件组合查询明细账。在查询过程中可以包含未记账凭证。本功能所指的序时账仅指普通日记账,即分录簿的查询。

 操作步骤

① 在"用友通"会计信息化系统主界面中,选择"总账"下的"账簿查询"—"序时账"菜单命令,或直接单击"用友通"总账系统主界面下的"序时账"选项,系统出现"序时账查询条件"对话框,如图 6-11 所示。

类别:当用户想按凭证类别查询时可选择相应凭证类别。为空表示所有凭证类别。

摘要:可输入要查询的摘要。例如,输入货款,系统则将摘要中包含货款两个字的序时账显示出来。

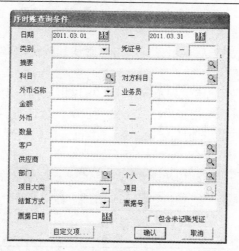

图 6-11 "序时账查询条件"对话框

金额：可按某一发生额或发生额区间进行查找。

结算方式：可输入要查询的结算方式。为空表示所有结算方式。

对方科目：可参照选取，如选取则系统显示所有与该科目相关明细数据，不选则显示所有科目。

查询方式：可按部门、客户、供应商、个人、项目进行查找，也可按制单人、出纳人和复核人查询。

自定义项：单击"自定义项..."按钮，可录入自定义项查询条件。

② 用户输入查询条件完毕后，用鼠标单击"确认"按钮，屏幕显示序时账查询窗口，如图 6-12 所示。

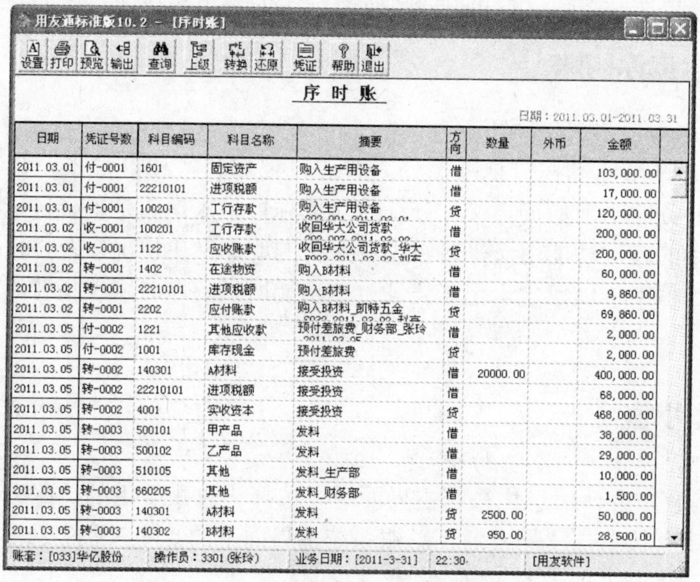

序 时 账

日期：2011.03.01-2011.03.31

日期	凭证号数	科目编码	科目名称	摘要	方向	数量	外币	金额
2011.03.01	付-0001	1601	固定资产	购入生产用设备	借			103,000.00
2011.03.01	付-0001	22210101	进项税额	购入生产用设备	借			17,000.00
2011.03.01	付-0001	100201	工行存款	购入生产用设备	贷			120,000.00
2011.03.02	收-0001	100201	工行存款	收回华大公司货款	借			200,000.00
2011.03.02	收-0001	1122	应收账款	收回华大公司货款_华大	贷			200,000.00
2011.03.02	转-0001	1402	在途物资	购入B材料	借			60,000.00
2011.03.02	转-0001	22210101	进项税额	购入B材料	借			9,860.00
2011.03.02	转-0001	2202	应付账款	购入B材料_凯特五金	贷			69,860.00
2011.03.05	付-0002	1221	其他应收款	预付差旅费_财务部_张玲	借			2,000.00
2011.03.05	付-0002	1001	库存现金	预付差旅费	贷			2,000.00
2011.03.05	转-0002	140301	A材料	接受投资	借	20000.00		400,000.00
2011.03.05	转-0002	22210101	进项税额	接受投资	借			68,000.00
2011.03.05	转-0002	4001	实收资本	接受投资	贷			468,000.00
2011.03.05	转-0003	500101	甲产品	发料	借			38,000.00
2011.03.05	转-0003	500102	乙产品	发料	借			29,000.00
2011.03.05	转-0003	510105	其他	发料_生产部	借			10,000.00
2011.03.05	转-0003	660205	其他	发料_财务部	借			1,500.00
2011.03.05	转-0003	140301	A材料	发料	贷	2500.00		50,000.00
2011.03.05	转-0003	140302	B材料	发料	贷	950.00		28,500.00

账套：[033]华亿股份　操作员：3301(张玲)　业务日期：[2011-3-31]　22:30　[用友软件]

图 6-12 序时账查询结果列示窗口

③ 用户用鼠标双击发生额的任意一行，或先定位光标到某一行，再单击凭证按钮，即可联查到该笔记录的原记账凭证。

④ 在序时账中每笔业务只显示末级科目名称，要想查看上级科目的名称，可单击工具栏中的 ▦ 按钮即可。

子任务 21.4：查询日记账

任务目标：掌握日记账的查询操作。

知识链接：此处所指的日记账，指的是除现金日记账、银行日记账以外的其他日记账（也区别于序时账）；为了核算和管理上的需要，有些账户需要了解每天业务的情况，"用友通"系统提供了"日记账"查询打印功能，要想查询到某账户的日记账信息，则该账户科目必须设为"日记账"形式（参看"会计科目"设置部分）。

 操作步骤

① 在"用友通"会计信息化系统主界面中，选择"总账"下的"账簿查询"—"日记账"菜单命令，或直接单击"用友通"总账系统主界面下的"日记账"选项，系统出现"日记账查询条件"对话框，如图 6-13 所示。

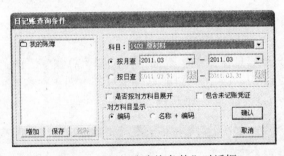

图 6-13 "日记账查询条件"对话框

② 在图 6-13 所示的对话框中，用户单击"科目"后的下拉列表框，选择日记账科目，系统列示所有在会计科目中设有"日记账"的科目；然后选择查询方式，系统提供按月和按日查两种方式，用户可选择要查询的会计月份或日期；如果用户查看包含未记账凭证的日记账，可用鼠标选择"包含未记账凭证"选项框即可，如要按对方科目展开查询单击选取该项。输入查询条件后，单击"确认"按钮，屏幕显示日记账查询结果，如图 6-14 所示。

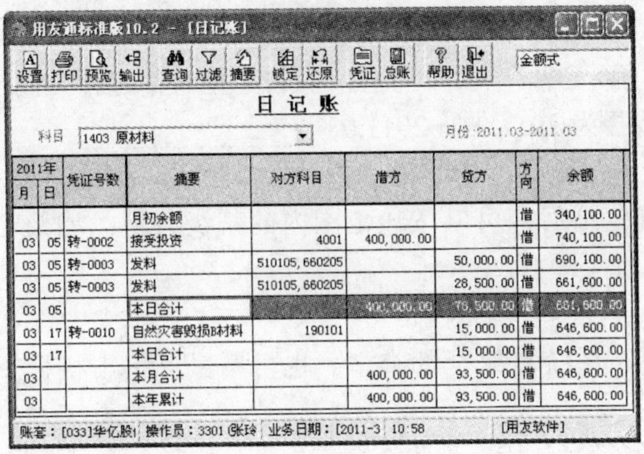

图 6-14 日记账查询结果列示窗口

③ 其他操作参考前面相关说明。

子任务 21.5：查询发生额及余额表

任务目标： 掌握发生额及余额表的查询操作。

知识链接： 余额表用于查询统计各级科目的本期发生额、累计发生额和余额等。传统的总账，是以总账科目分页设账，而余额表则可输出某月或某几个月的所有总账科目或明细科目的期初余额、本期发生额、累计发生额、期末余额，在实行计算机记账后，用户可以用余额表代替总账。

说明
- 可输出总账科目、明细科目的某一时期内的本期发生额，累计发生额和余额。
- 可输出某科目范围的某一时期内的本期发生额，累计发生额和余额。
- 可按某个余额范围内输出科目的余额情况。
- 本功能提供了很强的统计功能，用户可灵活运用，该功能不仅可以查询统计人民币金额账，还可查询统计外币和数量发生额和余额。
- 可查询到包含未记账凭证在内的最新发生额及余额。

 操作步骤

① 在"用友通"会计信息化系统主界面中，选择"总账"下的"账簿查询"—"余额表"菜单命令，或直接单击"用友通"总账系统主界面下的"余额表"选项，系统出现"发生额及余额查询条件"的对话框，如图 6-15 所示。

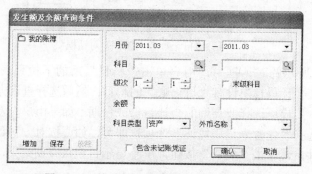

图 6-15 "发生额及余额查询条件"对话框

月份： 选择起止月份，当只查某个月时，应将起止月都选择为同一月份，如查 2011 年 03 月，则月份范围应选择为 2011.03－2011.03。

科目： 可输入起止科目范围，为空时，系统认为是所有科目。

级次： 在确定科目范围后，可以按该范围内的某级科目；如果需要查所有末级科目，则用鼠标选择"末级科目"即可。

余额： 用于指定要查找的余额范围。

科目类型： 为空时，系统默认全部类型。也可用鼠标单击科目类型选择下拉列表框，选择要查询的科目类型。

外币名称： 为空时系统默认所有外币。指定外币名称时，将只查为核算该外币的科目。

② 用户输入查询条件完毕后，用鼠标单击"确认"按钮，屏幕显示序时账查询窗口，如图 6-16 所示。

③ 在图 6-16 所示窗口中，用户可以用鼠标单击屏幕右上方账页格式下拉列表框，显示所选科目的数量式、外币式余额表。

④ 在图 6-16 所示窗口中，用鼠标单击 ∑累计 按钮，系统将显示或取消显示借贷方累计发生额。

⑤ 在图 6-16 所示窗口中，将光标移到具有辅助核算的科目所在行（背景色为兰色），用鼠标单击 专项 "专项"按钮，可联查到相应科目的辅助总账或余额表。

发生额及余额表

月份：2011.03-2011.03

科目编码	科目名称	期初余额		本期发生		期末余额	
		借方	贷方	借方	贷方	借方	贷方
1001	库存现金	50,000.00		30,000.00	32,050.00	47,950.00	
1002	银行存款	560,600.00		202,900.00	157,240.00	606,260.00	
1122	应收账款	300,000.00		369,450.00	200,900.00	468,550.00	
1221	其他应收款	5,000.00		2,000.00	2,000.00	5,000.00	
1231	坏账准备		900.00		900.00		1,800.00
1402	在途物资			60,000.00		60,000.00	
1403	原材料	340,100.00		400,000.00	93,500.00	646,600.00	
1405	库存商品	518,000.00		96,410.00	260,000.00	354,410.00	
1411	周转材料	8,800.00				8,800.00	
1511	长期股权投资	300,600.00				300,600.00	
1601	固定资产	908,200.00		103,000.00		1,011,200.00	
1602	累计折旧		109,600.00		15,600.00		125,200.00
1604	在建工程	106,000.00				106,000.00	
1701	无形资产	190,000.00				190,000.00	
1801	长期待摊费用	1,000.00				1,000.00	
1901	待处理财产损溢			17,550.00	17,550.00		
资产小计		3,288,300.00	110,500.00	1,281,310.00	779,740.00	3,806,370.00	127,000.00
合计		3,288,300.00	110,500.00	1,281,310.00	779,740.00	3,806,370.00	127,000.00

账套：[033]华亿股份　操作员：3301(张玲)　业务日期：[2011-3-31] 11:17　[用友软件]

图 6-16　发生额及余额查询结果列示窗口

予任务 21.6：查询科目汇总表

任务目标：掌握科目汇总表的查询操作。

操作步骤

① 在"用友通"会计信息化系统主界面中，直接单击系统主界面下的"科目汇总"选项，系统出现"科目汇总"对话框，如图 6-17 所示。

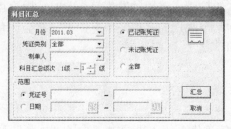

图 6-17　"科目汇总"对话框

月份：确定要汇总哪个会计月度的记账凭证。

凭证类别：若按凭证类别查询时可选择需要汇总的凭证类别。类别为全部，则汇总所有的类别。

科目汇总级次：指科目汇总表的汇总级次。

凭证号：当凭证类别指定时，可输入要汇总的起止凭证号。

日期：当不指定凭证号范围时，可输入汇总的起止日期。

凭证汇总范围：系统提供 3 种汇总范围：未记账凭证、已记账凭证、全部。用户可以用鼠标单击某一单选框选择所需的汇总方式。

表内科目及表外科目：满足金融行业对科目类型设置的特殊要求，若科目类型有"表外科目"，则在各查询窗中可选择相应的查询内容。

② 用户输入查询条件完毕后，用鼠标单击"汇总"按钮，屏幕显示科目汇总表查询窗口，如图 6-18 所示。

③ 在图 6-18 所示窗口中，当光标在科目汇总表的某一科目行上时，单击 按钮，则显示对方明细科目汇总表。

图 6-18　科目汇总表查询结果

子任务 21.7：查询多栏账

任务目标：掌握多栏账的设置与查询操作。

知识链接：在会计核算与管理的过程中，有时需要在同一个界面上显示某个账户发生额的具体情况，如各种成本的构成、费用的发生等。此时，用户可借用"用友通"系统所提供的"多栏账"功能。查询某个账户的多栏账情况，无须在会计科目信息里设置，只要在查询时设定下就可以达到目的。

 操作步骤

① 在"用友通"会计信息化系统主界面中，选择"总账"下的"账簿查询"—"多栏

账"菜单命令，或直接单击"用友通"总账系统主界面下的"多栏账"选项，系统出现"多栏账"对话框，如图 6-19 所示。

②　系统采用自定义多栏账查询方式，即用户要查询某个多栏账之前，必须先定义其查询格式，然后才能进行查询。在图 6-19 所示窗口中，用鼠标单击 按钮，屏幕显示"多栏账"定义对话框，如图 6-20 所示。

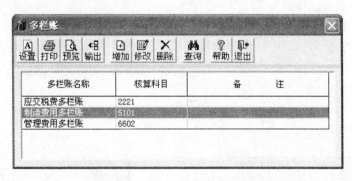

图 6-19　"多栏账"对话框

核算科目： 用鼠标单击"核算科目"下拉列表框，选择多栏账核算科目，系统根据科目自动显示多栏账名称，用户也可以在"多栏账名称"处直接修改。

栏目定义： 系统提供两种定义方式：自动编制栏目、手动编制栏目。建议先进行自动编制再进行手动调整，可提高录入效率。

自动编制： 单击"自动编制"按钮，系统将根据所选核算科目的下级科目自动编制多栏账分析栏目。分析方向与科目性质相同。

手动编制： 单击"增加栏目"按钮可自行增加栏目，选择栏目后单击"删除栏目"按钮可删除该栏目，用鼠标双击表中栏目，或按空格键可编辑修改栏目。

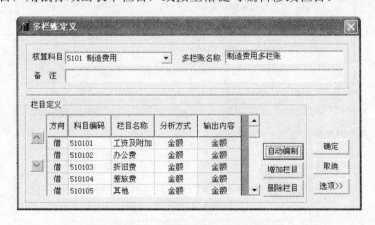

图 6-20　"多栏账定义"对话框

方向： 确定分析所选科目的分析方向，是"借方分析"还是"贷方分析"。借方分析即分析科目的借方发生额，贷方分析即分析科目的贷方发生额。

科目编码： 确定分析栏目所分析的科目。

栏目名称： 确定在多栏账表头中显示的栏目名称。

分析方式：若选按金额分析，则系统只输出其分析方向上的发生额；若选按余额分析，则系统对其分析方向上的发生额按正数输出，其相反发生额按负数输出。

输出内容：系统默认输出金额，如用户需要输出该科目的外币或数量，请在此进行选择。

选项：单击"选项"按钮可对多栏账格式进行设置，在"格式预览"中可观看到选择不同选项对多栏账格式的影响。多栏账共有两种输出格式：分析栏目前置（如图 6-21（a）所示）、分析栏目后置（如图 6-21（b）所示）。

确定：定义完毕后单击"确定"按钮即可。

③ 在图 6-19 所示窗口中，单击_{查询}按钮，系统出现"多栏账查询"对话框，如图 6-22 所示。

（a）分析栏目前置

（b）分析栏目后置

图 6-21　多栏账的输出格式

图 6-22　"多栏账查询"对话框

④ 在图 6-22 所示窗口中，用户选定要查询的多栏账，确定所要查询的月份，单击"确认"按钮，系统即显示出所要查询的多栏账的结果，如图 6-23 所示。

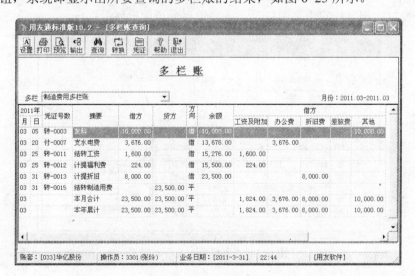

图 6-23　多栏账查询结果

子任务 21.8：查询日报表

任务目标：掌握日报表的查询操作。

知识链接：日报表查询功能用于查询输出某日所有科目的发生额及余额情况（不包括现金、银行存款科目）。

 **操作步骤**

① 在"用友通"会计信息系统主界面中，选择"总账"下的"账簿查询"—"日报表"菜单命令，系统出现"日报表查询条件"对话框，如图 6-24 所示。

② 在图 6-24 所示对话框中，在日期处输入需要查询日报表的日期，并选择科目显示级次。如果想包含未记账凭证，可用鼠标在"包含未记账凭证"选项处标上标记；如果想有余额无发生额也显示，则单击选取。条件选择完成后，用鼠标单击"确认"按钮，屏幕显示日报表查询结果，用鼠标单击 按钮可查询昨日余额，如图 6-25 所示。

图 6-24 "日报表查询条件"对话框

用友通标准版10.2 - [日报表]

设置	打印	预览	输出	日报	查询	昨日	还原	帮助	退出

日报表

日期:2011.03.31

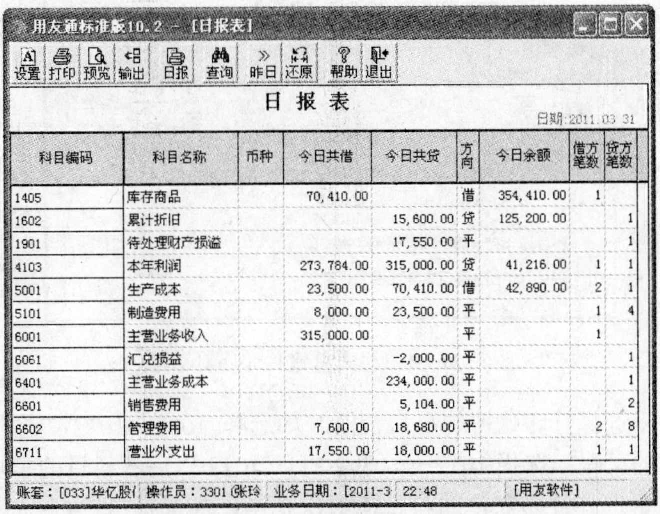

科目编码	科目名称	币种	今日共借	今日共贷	方向	今日余额	借方笔数	贷方笔数
1405	库存商品		70,410.00		借	354,410.00	1	
1602	累计折旧			15,600.00	贷	125,200.00		1
1901	待处理财产损溢			17,550.00	平			1
4103	本年利润		273,784.00	315,000.00	贷	41,216.00	1	1
5001	生产成本		23,500.00	70,410.00	借	42,890.00	2	1
5101	制造费用		8,000.00	23,500.00	平		1	4
6001	主营业务收入		315,000.00		平			1
6061	汇兑损益			-2,000.00	平			1
6401	主营业务成本		234,000.00		平		1	
6601	销售费用			5,104.00	平			2
6602	管理费用		7,600.00	18,680.00	平		2	8
6711	营业外支出		17,550.00	18,000.00	平		1	1

账套: [033]华亿股(操作员: 3301 张玲 业务日期: [2011-3 22:48   [用友软件]

图 6-25 日报表查询结果

③ 在图 6-25 所示窗口中，用鼠标单击 按钮可查询并打印光标所在科目的日报单，如图 6-26 所示。

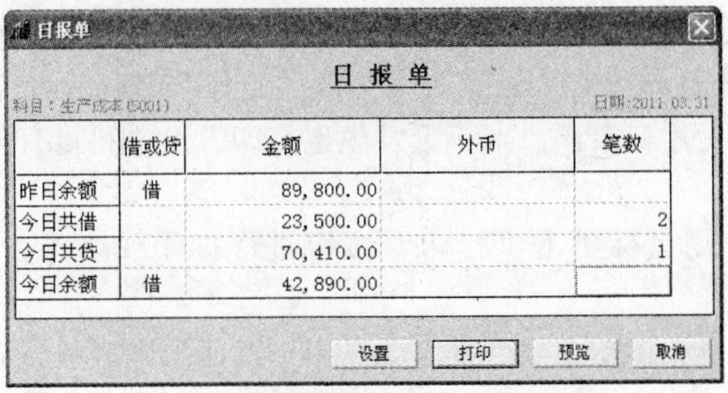

日报单

日报单

科目:生产成本(5001)   日期:2011.03.31

	借或贷	金额	外币	笔数
昨日余额	借	89,800.00		
今日共借		23,500.00		2
今日共贷		70,410.00		1
今日余额	借	42,890.00		

设置	打印	预览	取消

图 6-26 日报单查询结果

子任务 21.9：打印账簿

任务目标：掌握账簿的打印操作。

知识链接：在"用友通"系统中，账簿打印的具体参数设置，可以通过"总账"—"选项"功能来完成，此处的打印只是选定用户所要打印的账户及时间等信息，即可按原来设定的参数进行打印输出。

 操作步骤

以总账打印为例来说明打印账簿的操作技能。

① 在"用友通"会计信息系统主界面中，选择"总账"下的"账簿打印"—"总账账簿打印"菜单命令，系统出现"三栏式总账打印"对话框，如图 6-27 所示。

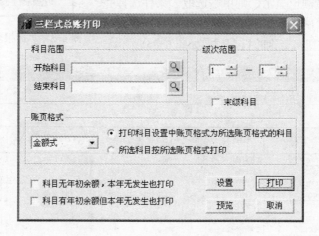

图 6-27 "三栏式总账打印"对话框

科目范围：用于选择打印账簿的科目范围。如选择 1001－1012，表示打印 1001—1012 科目范围内各科目的总账；选择 1012—，表示打印 1012 以后各科目的总账。

级次范围：用于选择打印账簿的科目的级次范围。如选择 1－1，表示只打印一级科目的总账。若选择了"末级科目"选项，则只打印所选科目中的末级科目。

账页格式：用于选择所打印账簿的格式，系统提供 4 种打印格式供用户选择：金额式、外币金额式、数量金额式、外币数量式。另外，系统提供了两种选项：打印科目设置中账页格式为所选账页格式的科目，只打印科目设置中账页格式与所选的账页格式相同的科目的总账；所选科目按所选账页格式打印，所选的科目全部按所选账页格式打印。

打印选项：若只想打印出有余额或有发生额的总账科目，为此系统提供了两个选项可实现这个目的，"科目无年初余额，本年无发生也打印"及"科目有年初余额但本年无发生也打印"。

② 选择完成后，用鼠标单击"打印"按钮进行打印或单击"预览"按钮查看打印效果。

③ 若选择了"科目无年初余额，本年无发生也打印"则"科目有年初余额但本年无发生也打印"默认也被选择。

任务 22：往来辅助账的管理

任务目标：掌握往来客户余额表查询操作。掌握往来明细账查询操作。掌握往来账的往来管理操作。

知识链接：在"用友通"系统中，对往来辅助账的管理主要提供了三项功能，即往来客户余额表查询、往来明细账查询及往来管理；往来管理又包括往来两清、往来催款单及往来账龄分析三项辅助功能，对企业往来账业务起到了全面的管理

子任务 22.1：往来客户余额表查询

任务目标：掌握往来客户余额表查询操作。

 操作步骤

① 在"用友通"会计信息系统主界面中，选择"往来"下的"账簿"—"客户余额表"菜单命令，系统提供了功能丰富的余额表查询方法，如图 6-28 所示。

② 在图 6-28 中，选择"客户余额表"菜单命令，系统弹出"客户余额表"对话框，如图 6-29 所示。

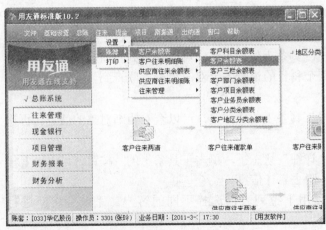

图 6-28 往来账簿余额表查询菜单

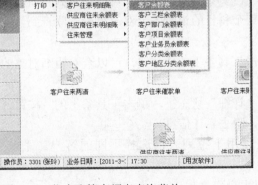

图 6-29 "客户余额表"对话框

客户：用户可以直接输入或参照输入客户的名称或代码，如果为空，系统会对所有满足条件的客户进行查询。

月份：用户可以通过单击右边的下拉列表框选择月份范围。

余额：用户可以直接输入余额范围，系统会显示余额在此范围内的数据。如果用户不输入余额范围，系统会显示所有有余额的记录。

余额方向：余额方向指的是借贷方向，若用户输入余额方向则只显示余额在借方或余额在贷方的所有余额的数据。

明细对象：明细对象决定了查询返回数据的分类排列方式。首先，系统按照用户确定

的查询对象，返回一个按查询对象排列的查询结果。然后再在查询结果界面，单击"详细"按钮，系统将把按照查询对象分类的总账进一步进行分类，其进一步分类的标准就是明细对象所确定的内容。

科目范围：如果选择了科目范围，屏幕会出现条件界面，用户可以选择要查询的科目。待选科目列表中包含所有带有客户往来辅助核算的科目。

③ 在图 6-29 所示的对话框中，用户选择或输入完所需要的信息后，单击"确定"按钮，屏幕会显示按选择条件查询的结果，如图 6-30 所示。

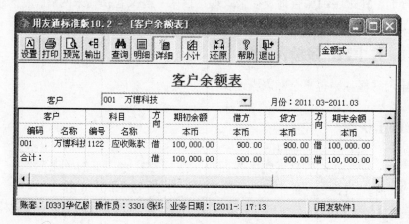

图 6-30 "客户余额表"查询结果

④ 在图 6-30 所示的窗口中，单击工具条上的 按钮，可以调出条件输入界面，重新输入查询条件。

⑤ 在图 6-30 所示的窗口中，单击工具条上的 按钮，可以联查到当前客户、当前月份范围的明细账。用户也可以在当前的某个科目的记录条上双击鼠标，联查到当前客户、当前月份范围的明细账。

⑥ 在图 6-30 所示的窗口中，单击工具条上的 按钮，可以查看明细对象的信息。再次单击该按钮，隐去明细信息。

⑦ 在图 6-30 所示的窗口中，在"详细"状态下，单击工具条上的 按钮，可以查看年初至今的累计信息。再次单击该按钮，隐去累计信息。

⑧ 在主界面的左上角，用户可以用下拉列表框选择不同的客户。系统会重新进行查询。

⑨ 其他余额表的查询操作参看以上操作步骤。

子任务 22.2：往来客户明细账查询

任务目标：掌握往来客户明细账的查询操作。

 操作步骤

① 在"用友通"会计信息系统主界面中，选择"往来"下的"账簿"—"客户明细账"菜单命令，系统提供了功能丰富的明细账查询项目，如图 6-31 所示。

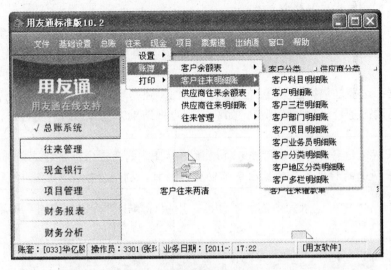

图 6-31　往来账簿余额表查询菜单

② 其他操作参看"客户余额表"查询的相关叙述。

子任务 22.3：往来两清

任务目标：掌握往来账往来两清的操作。

 操作步骤

① 在"用友通"会计信息系统主界面中，选择"往来"下的"账簿"—"往来管理"—"客户往来两清"菜单命令，系统弹出"客户往来两清"对话框，如图 6-32 所示。

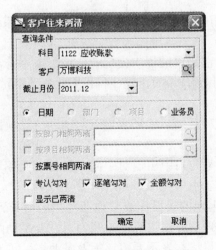

图 6-32　"客户往来两清"对话框

科目：用户可以直接输入科目的名称，也可以通过鼠标单击右边的下拉列表框，选择要两清的科目。

客户：输入要进行勾对的客户名称。

截止月份：截止月份主要限制用户进行往来管理的时间范围，用户可以用鼠标单击右边的下拉列表框选择客户两清的截止期。如果用户不输入截止月份，则系统会处理所有的往来。

两清依据：选择是依据业务号、业务员、部门，还是项目进行往来两清处理。

显示已两清：是否包含两清部分，如选中则查询结果中包含已两清的客户往来。

说明

● 如果所选的科目不是部门往来辅助核算科目，则两清依据不能选择部门。

● 如果所选的科目不是项目往来辅助核算科目，则两清依据不能选择项目。

② 在图 6-32 中，输入完所需的条件后，用鼠标单击"确定"按钮，屏幕会出现结果界面，如图 6-33 所示。

图 6-33 "客户往来两清"结果

③ 在图 6-33 所示界面中，单击工具栏上的 _{自动} 按钮，则系统开始进行自动勾对。系统提供 3 种自动勾对方式。

业务号勾对：通过用户在制单过程中指定业务编号或字符，用以往来账勾对标识，便于用户一一对应勾对、查询和管理。对于同一科目下业务号相同、借贷方向相反、金额一致的两笔分录自动勾对。

按项目勾对：对于同一科目同一往来客户下，辅助核算项目相同的往来款项多笔借方（贷方）合计相等的情况。

按票号勾对：即按业务号勾对中出现对于同一科目下业务号相同、借贷方向相反、金额合计一致的多笔分录自动勾对。

④ 在制单过程中可能出现的误操作或其他业务原因而导致无法使用上述 3 种往来账勾对方法，系统提供手工清理的办法进行往来账勾对。要手动两清时，在要进行两清的一条明细分录的两清区，双击鼠标，表示要将该笔业务两清；再次双击鼠标，取消所做的两清操作。

⑤ 用户可单击 按钮来进行两清平衡检查，系统会显示检查结果。也用单击 按钮来撤销两清的记录。

子任务 22.4：往来催款单

任务目标：掌握往来催款单的设置操作。

 操作步骤

① 在"用友通"会计信息系统主界面中，选择"往来"下的"账簿"—"往来管理"—"客户往来催款单"菜单命令，系统弹出"客户往来催款"对话框，如图 6-34 所示。

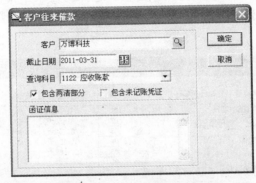

图 6-34　"客户往来催款"对话框

客户：用户可以直接输入或参照输入客户的名称。

截止日期：用户可以通过单击右边的日期按钮选择月份范围。

查询科目：用户可以选择所有的科目或者通过下拉列表框选择科目。

函证信息：用户可以在此输入给对方的函证信息，在打印催款单时的同时打印出来。

包含两清部分：如果选择此项，则输出结果中包含已经两清的信息。

包含未记账凭证：用户可以选择此项，则统计结果中包含未记账凭证。

② 在如图 6-34 所示对话框中，用户输入完所需的条件后，用鼠标单击"确定"按钮，屏幕会出现结果界面，如图 6-35 所示。

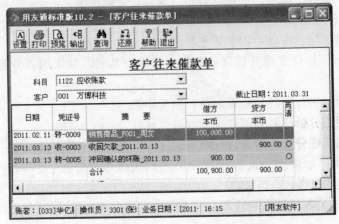

图 6-35　"客户往来催款单"结果

子任务 22.5：往来账龄分析

任务目标：掌握往来账账龄分析的操作。

知识链接：往来账的账龄指的是从该笔账项发生到分析日止所经过的天数，简单地说，就是该笔往来账距今为止已经过多少天还未结清。借助系统的账龄分析功能，可以为管理者有效管理往来款项提供很大的帮助。

 操作步骤

① 在"用友通"会计信息系统主界面中，选择"往来"下的"账簿"—"往来管理"—"客户往来账龄分析"菜单命令，系统弹出"客户往来账龄"对话框，如图 6-36 所示。

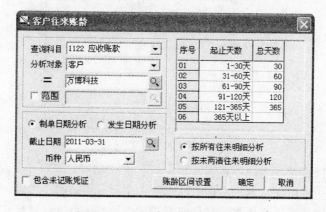

图 6-36 "客户往来账龄"对话框

查询科目：用户可以选择全部科目或者指定科目，在指定科目时，用户可以通过直接输入的方法或者通过单击下拉列表框选择的方法。

分析对象：为用户提供了客户、客户分类、客户总公司、地区分类、部门、业务员、主管部门、主管业务员选项，同时提供参照选择。分析对象为空，则默认为全部客户。

范围：如用户选择了此项，则可对分析对象设置分析范围。

截止日期：截止日期即进行账龄分析时最后日期。

账龄区间设置：用户可以自由设置账龄区间。

发生日期分析：进行账龄分析以业务发生日期为基础，如未填入业务发生日期，则按制单日期。

制单日期分析：进行账龄分析以制单日期为基础。

按所有往来明细分析：对全部往来明细进行计算。

按未两清往来明细分析：对未进行两清的往来明细进行计算。

外币账龄分析：如果用户选择了此项，则只按该币种分析；否则对所有币种进行分析，将外币折算成本位币。

② 按照上述有关各栏目说明输入有关条件后，单击"确定"按钮，系统弹出如图 6-37 所示的分析结果。

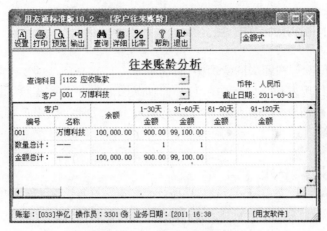

图 6-37 往来账龄分析结果

③ 在如图 6-37 所示的分析结果界面中单击工具条上的 查询 按钮，可以调出条件输入界面，重新输入查询条件；单击 比率 按钮，可以查看到比率的信息；再次单击该按钮，隐去比率信息。

任务 23：个人往来辅助账的管理

任务目标：掌握个人往来余额表查询操作；掌握个人往来明细账查询操作；掌握个人往来账的往来管理操作。

知识链接：在"用友通"系统中，对个人往来辅助账的管理，系统同样提供了功能丰富的操作，因这部分担任与"往来辅助账管理"的操作大同小异，所以在这里不再重复叙述，请读者参考"往来辅助账管理"的相关内容学习掌握。

 操作步骤

在"用友通"总账系统主界面中，选择功能主菜单"总账"下的"辅助查询"菜单命令，即可实现对个人往来账的管理，系统所提供的个人往来账管理功能的菜单如图 6-38 所示。

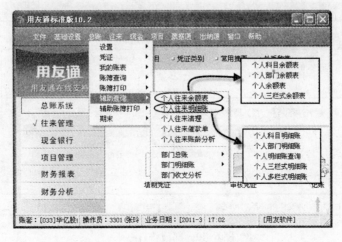

图 6-38 个人往来辅助管理菜单

任务 24：部门辅助账的管理

任务目标：掌握部分辅助账的管理操作。

知识链接：在"用友通"系统中，对部门辅助账的管理，系统除了提供对部门辅助总账和部门辅助明细账的查询外，还提供了部门收支分析功能，供用户对部门的收入进行分析，有利于部门的绩效管理。

 操作步骤

在"用友通"总账系统主界面中，选择"总账"下的"辅助查询"菜单命令，即可实现对部门辅助账的管理，系统所提供的部门账管理功能的菜单如图 6-39 所示。各查询结果如图 6-40～图 6-44 所示。

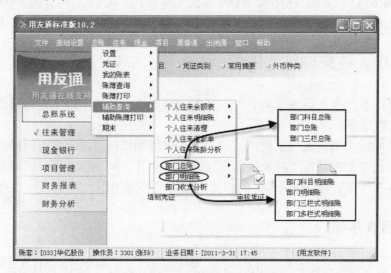

图 6-39　部门辅助管理菜单

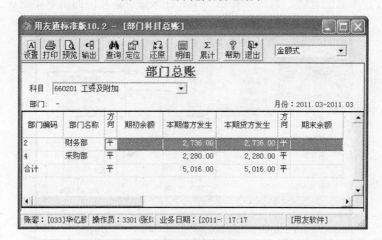

图 6-40　部门科目总账

部门总账

部门 生产部　　月份：2011.03-2011.03

科目编码	科目名称	方向	期初余额	本期借方发生	本期贷方发生	方向	期末余额
510101	工资及附加	平		1,824.00	1,824.00	平	
510102	办公费	平		3,676.00	3,676.00	平	
510103	折旧费	平		8,000.00	8,000.00	平	
510105	其他	平		10,000.00	10,000.00	平	
合计		平		23,500.00	23,500.00	平	

图 6-41　部门总账

部门明细账

科目 510101 工资及附加

部门：-　　月份：2011.03-2011.03

2011年 月	日	凭证号数	部门编号	部门名称	摘要	借方	贷方	方向	余额
03	25	转-0011	5	生产部	结转工资	1,600.00		借	1,600.00
03	25	转-0012	5	生产部	计提福利费	224.00		借	1,824.00
03	31	转-0015	5	生产部	结转制造用费		1,824.00	平	
03					本月合计	1,824.00	1,824.00	平	
03					本年累计	1,824.00	1,824.00	平	
				科目合计	期初余额			平	
03					本月合计	1,824.00	1,824.00	平	
03					本年累计	1,824.00	1,824.00	平	

图 6-42　部门科目明细账

部门明细账

部门 生产部　　月份：2011.03-2011.03

2011年 月	日	凭证号数	科目编号	科目名称	摘要	借方	贷方	方向	余额
03	25	转-0011	510101	工资及附加	结转工资	1,600.00		借	1,600.00
03	25	转-0012	510101	工资及附加	计提福利费	224.00		借	1,824.00
03	31	转-0015	510101	工资及附加	结转制造用费		1,824.00	平	
03					本月合计	1,824.00	1,824.00	平	
03					本年累计	1,824.00	1,824.00	平	
03	20	付-0007	510102	办公费	支水电费	3,676.00		借	3,676.00
03	31	转-0015	510102	办公费	结转制造用费		3,676.00	平	
03					本月合计	3,676.00	3,676.00	平	
03					本年累计	3,676.00	3,676.00	平	
03	31	转-0013	510103	折旧费	计提折旧	8,000.00		借	8,000.00
03	31	转-0015	510103	折旧费	结转制造用费		8,000.00	平	
03					本月合计	8,000.00	8,000.00	平	

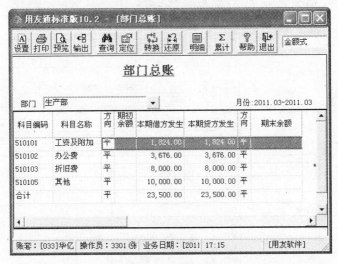

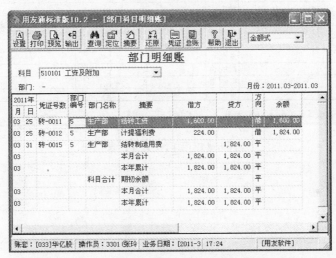

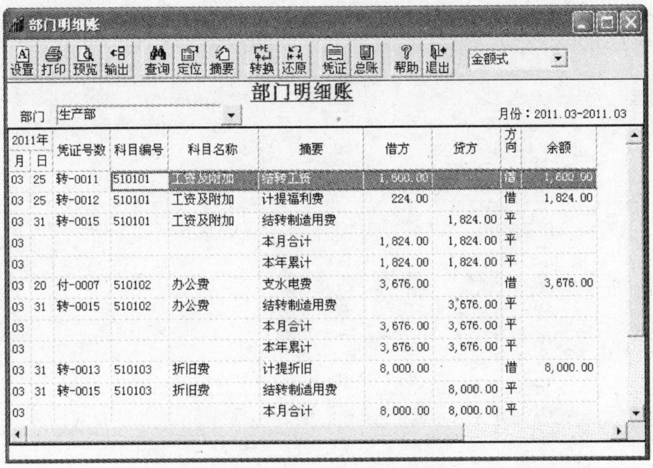

图 6-43　部门明细账

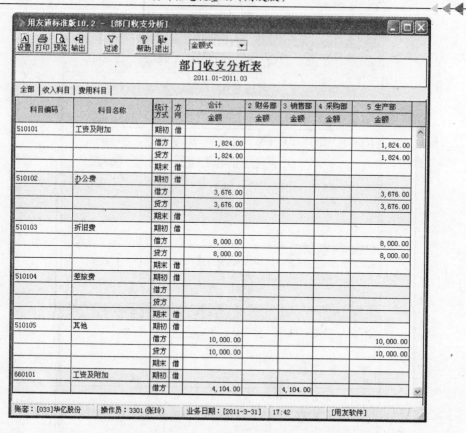

图 6-44　部门收支分析表

项目模块 7

出 纳 管 理

✔ 项目功能

实时查询银行日记账、现金日记账及资金日报表。

银行对账，系统自动编制余额调节表。

支票管理。

学习目标

学习完本项目模块，学员可以具备"用友通"会计信息化系统中"现金银行"模块的管理操作技能，这是作为采用"用友通"财务电算化系统的财务出纳人员必备的岗位技能。

知识链接：库存现金、银行存款是企业流动资产中最敏感的内容，加强对企业库存现金及银行存款的监管是企业资金管理的重要组成部分。在"用友通"会计信息化系统中，借助系统提供的"现金银行管理"，可以强化对现金和银行存款的控制和管理，随时掌握现金、银行存款收付的动态和库存现金余额，确保现金和银行存款的安全。

任务 25: 出纳系统初始化

任务目标：掌握出纳模块的初始化操作。

知识链接：为了保证银行对账的正确性，在使用"银行对账"功能进行对账之前，必须先将日记账、银行对账单未达项录入系统中。

操作步骤

① 以出纳人员的身份，注册登入"用友通"总账系统。

② 在"用友通"会计信息系统主界面中，选择"现金"下的"设置"—"银行期初录入"菜单命令，系统出现"银行科目选择"对话框，如图 7-1 所示。

③ 在图 7-1 所示的对话框中，用户选择好银行科目后单击"确定"按钮，屏幕显示"银行对账期初"对话框，如图 7-2 所示。

④ 在图 7-2 所示的对话框的右上角，在启用日期处设定该银行账户的启用日期；录入单位日记账及银行对账单的调整前余额。

⑤ 单击"对账单期初未达项"按钮，可在"银行方期初"对话框中录入启用日期前尚

未进行两清勾对的银行对账单，如图 7-3 所示。

图 7-1 "银行科目选择"对话框

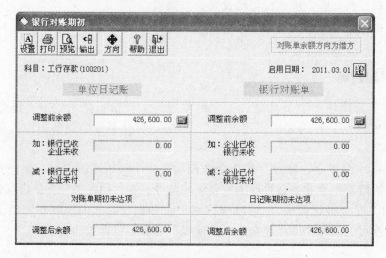

图 7-2 "银行对账期初"对话框

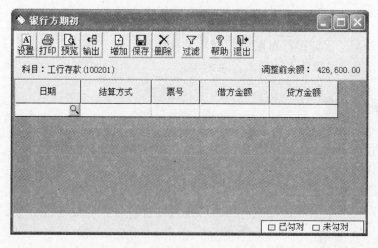

图 7-3 "银行方期初"对话框

⑥ 单击"日记账期初未达项"按钮，可在"企业方期初"对话框中录入期初未进行两清勾对的单位日记账，如图 7-4 所示。

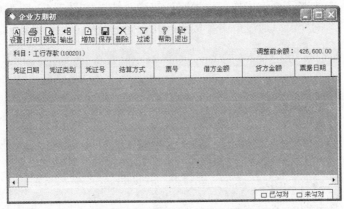

图 7-4 "企业方期初"对话框

⑦ 录入银行对账单及单位日记账期初未达项后，系统将根据调整前余额及期初未达项自动计算出银行对账单与单位日记账的调整后余额。

⑧ 单击"退出"按钮，完成银行对账期初录入。

说明

● 如果用户的科目有外币核算，那么用户应在这里录入外币余额、外币未达项。

● "银行对账期初"功能是用于第一次使用银行对账模块前录入日记账及对账单未达项，在开始使用银行对账之后一般不再使用。

● 单位日记账与银行对账单的"调整前余额"应分别为启用日期时该银行科目的科目余额及银行存款余额。

● 录入的银行对账单、单位日记账的期初未达项的发生日期不能大于等于此银行科目的启用日期。

● 若某银行科目已进行过对账，在期初未达项录入中，对于已勾对或已核销的记录不能再修改。

● 在执行对账功能之前，应将"银行期初"中的"调整后余额"调平（即单位日记账的调整后余额=银行对账单的调整后余额），否则在对账后编制"银行存款余额调节表"时，会造成银行存款与单位银行账的账面余额不平。

任务 26：出纳日记账查询

任务目标： 掌握实时查询现金日记账、银行日记账及资金日报表操作。

知识链接： "出纳日记账查询"功能用于实时查询现金日记账、银行存款日记账及资金日报表，其中"库存现金"和"银行存款"科目必须在"会计科目"功能下的"指定科目"中预先指定。如要打印正式存档用的现金日记账可调用"打印现金日记账"功能打印。

操作步骤

在"用友通"会计信息化系统主界面中，选择"现金"下的"现金管理"—"日记账"菜单命令，即可实现对"库存现金"、"银行存款"和"资金日报表"的实时查询。查询操作参考前面项目中的账簿查询操作，这里略过叙述，结果如图 7-5、图 7-6 和图 7-7 所示。在查询结果界面中，同样可以通过单击凭证按钮，联查到记录的原始记账凭证。

2011年 月	日	凭证号数	摘要	对方科目	借方	贷方	方向	余额
			月初余额				借	50,000.00
03	05	付-0002	预付差旅费	1221		2,000.00	借	48,000.00
03	05		本日合计			2,000.00	借	48,000.00
03	06	付-0003	提现金	100201	29,600.00		借	77,600.00
03	06	付-0004	发放工资	221101		29,600.00	借	48,000.00
03	06		本日合计		29,600.00	29,600.00	借	48,000.00
03	09	收-0002	张玲报差旅费交回余款	1221	400.00		借	48,400.00
03	09		本日合计		400.00		借	48,400.00
03	10	付-0005	付交通违章罚款	6711		450.00	借	47,950.00
03	10		本日合计			450.00	借	47,950.00
03			本月合计		30,000.00	32,050.00	借	47,950.00
03			本年累计		30,000.00	32,050.00	借	47,950.00

图 7-5　现金日记账

2011年 月	日	凭证号数	摘要	结算号	对方科目	借方	贷方	方向	余额
			月初余额					借	560,600.00
03	01	付-0001	购入生产用设备	转账支票-001	,22210101		120,000.00	借	440,600.00
03	01		本日合计				120,000.00	借	440,600.00
03	02	收-0001	收回华大公司货款	转账支票-007	1122	200,000.00		借	640,600.00
03	02		本日合计			200,000.00		借	640,600.00
03	06	付-0003	提现金	现金支票-001	1001		29,600.00	借	611,000.00
03	06		本日合计				29,600.00	借	611,000.00
03	12	付-0006	付广告费	转账支票-006	660102		1,000.00	借	610,000.00
03	12		本日合计				1,000.00	借	610,000.00
03	13	收-0003	收回欠款	转账支票	1122	900.00		借	610,900.00
03	13		本日合计			900.00		借	610,900.00
03	20	付-0007	支水电费	转账支票-007	)2,660202		6,640.00	借	604,260.00
03	20		本日合计				6,640.00	借	604,260.00
03	30	收-0004	汇兑损益结转		6061	2,000.00		借	606,260.00
03	30		本日合计			2,000.00		借	606,260.00
03			本月合计			202,900.00	157,240.00	借	606,260.00
03			本年累计			202,900.00	157,240.00	借	606,260.00

图 7-6　银行日记账

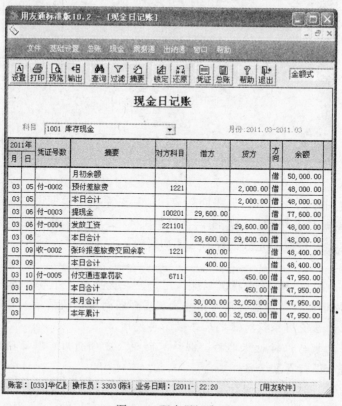

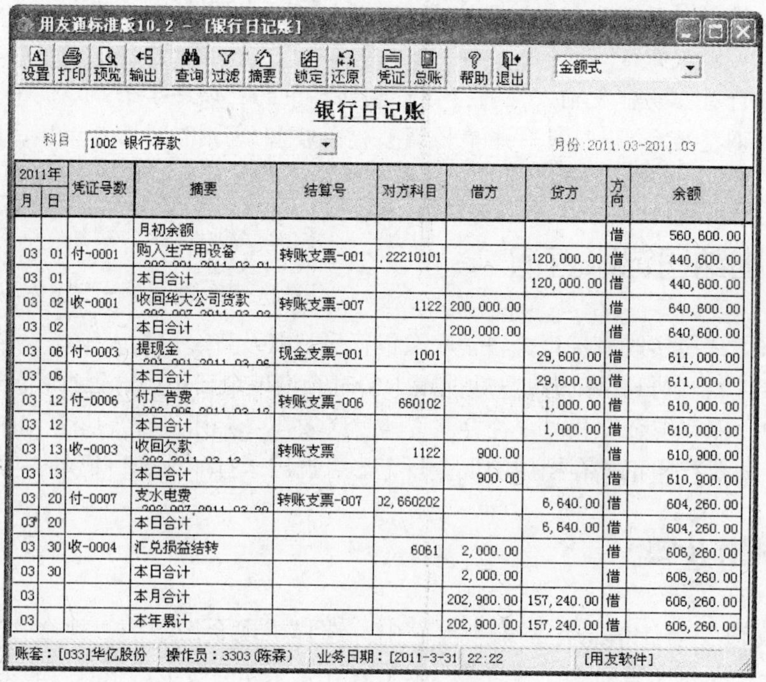

图 7-7   资金日报表

任务 27：银行对账

任务目标：掌握银行对账单的录入操作；掌握银行对账处理。

知识链接：银行对账工作是进行会计核算的重要基础，也是加强内部控制、防范案件的有效监督手段。理论上讲，企业银行存款日记账的记录与银行开出的"银行存款对账单"无论是发生额，还是期末余额都应该是完全一致的，因为它们是对同一账号存款的记录。但是在实践中通过核对，会发现双方的账目经常出现不一致的情况。原因有两个：一是有"未达账项"；二是双方账目可能发生记录错误。无论是"未达账项"，还是双方账目记录有误，都要通过企业银行存款日记账的记录与银行开出的"银行存款对账单"进行逐笔"勾对"才能发现。所谓未达账项，是指银行结算凭证期末在银行与单位传递过程中，由于传递时间和记账时间的不同，常造成银行与开户单位一方已经入账而另一方尚未入账的情况，从而造成双方账面余额不符。

子任务 27.1：录入银行对账单

任务目标：掌握银行对账单的录入操作。

知识链接：银行对账单是银行和企业核对账务的联系单，也是证实企业业务往来的记录，是银行和企业之间对资金流转情况进行核对和确认的凭单。

案例数据：银行对账单资料如下表所示。

日　　　期	结 算 方 式	票　　　号	借 方 金 额	贷 方 金 额
2011.3.1	202	007	200 000.00	
2011.3.3	202	001		120 000.00
2011.3.6	201	001		29 600.00
2011.3.13	202		900.00	
2011.3.18	202	006		1 000.00
2011.3.28	202	008		5 400.00

操作步骤

① 在"用友通"会计信息系统主界面中，选择"现金"下的"现金管理"—"银行账"—"银行对账"—"银行对账单"菜单命令，或直接在"现金银行"界面上直接单击"银行对账单录入"图标，系统出现"银行科目选择"对话框，如图7-8所示。

② 在如图 7-8 所示的对话框中，用户选定好银行账户（银行科目），确定对账单的月份范围，单击"确定"按钮，即可进入本账户下"银行对账单"的录入窗口，如图7-9所示。

图 7-8 "银行科目选择"对话框

图 7-9 "银行对账单"录入窗口

③ 在如图 7-9 所示的窗口中，单击"增加"按钮可增加一笔银行对账单，录入银行对账单后，当录下一条记录时，自动将上一条记录的日期携带下来，并处于输入状态。如果不再录入，直接按"Esc"键退出。用户可单击"删除"按钮可删除一笔银行对账单。单击"过滤"按钮可按条件过滤对账单供用户查询。

④ 如果银行送来的对账单是电子稿的，可单击"引入"按钮，执行该功能显示银行对账单引入的"数据接口向导"对话框，如图7-10所示，按照数据接口向导执行即可。

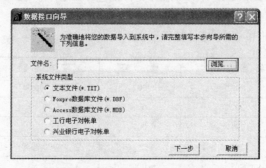

图 7-10 "数据接口向导"对话框

子任务 27.2：银行对账处理

任务目标：掌握银行对账处理的操作。

知识链接：银行对账采用自动对账与手工对账相结合的方式。自动对账是计算机根据对账依据自动进行核对、勾销，对于已核对上的银行业务，系统将自动在银行存款日记账和银行对账单双方写上两清标志，并视为已达账项，对于在两清栏未写上两清符号的记录，系统则视其为未达账项。手工对账是对自动对账的补充，用户使用完自动对账后，可能还有一些特殊的已达账没有对出来，而被视为未达账项，为了保证对账更彻底正确，用户可用手工对账来进行调整。

 操作步骤

① 在"用友通"会计信息系统主界面中，选择"现金"下的"现金管理"—"银行账"—"银行对账"—"银行对账"菜单命令，或直接在"现金银行"界面上单击"银行对账"图标，系统出现"银行科目选择"对话框，如图 7-11 所示。

图 7-11 "银行科目选择"对话框

② 在如图 7-11 所示的对话框中，用户选定银行账户（银行科目），确定对账单的月份范围，单击"确定"按钮，即可进入本账户下的"银行对账"窗口，如图 7-12 所示。

单位日记账							银行对账单					
票据日期	结算方式	票号	方向	金额	两清	凭证号数	摘	日期	结算方式	票号	方向	金额	两清
2011.03.01	202	001	贷	120,000.00		付-0001	购入生产月	2011.03.01	202	007	借	200,000.00	
2011.03.02	202	007	借	200,000.00		收-0001	收回华大公	2011.03.03	202	001	贷	120,000.00	
2011.03.06	201	001	贷	29,600.00		付-0003	提现金	2011.03.06	201	001	贷	29,600.00	
2011.03.12	202	006	贷	1,000.00		付-0006	付广告费	2011.03.13	202		借	900.00	
2011.03.13	202		借	900.00		收-0003	收回欠款	2011.03.18	202	006	贷	1,000.00	
2011.03.20	202	007	贷	6,640.00		付-0007	支水电费	2011.03.28	202	008	贷	5,400.00	

图 7-12 "银行对账"窗口

③ 在如图 7-12 所示的窗口中，单击对账按钮，系统弹出"自动对账"对话框，如图 7-13 所示。设置好对账条件后，单击"确定"按钮，进行自动银行对账，并显示动态进度条，表

会计信息化基础（用友版）

示对账进行的程度及状态。如果已进行过自动对账，可直接进行手工调整。

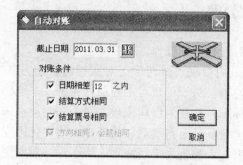

图 7-13　"自动对账"对话框

★　自动对账的对账依据由用户根据需要选择，方向、金额相同是必选条件，其他可选条
说明　件为票号相同、结算方式相同、日期在多少天之内。由于自动对账是以银行存款日记
账和银行对账单双方对账依据完全相同为条件，所以为了保证自动对账的正确和彻底，使用
者必须保证对账数据的规范合理。比如，银行存款日记账和银行对账单的票号要统一位长，
如果对账双方不能统一规范，系统则无法识别。

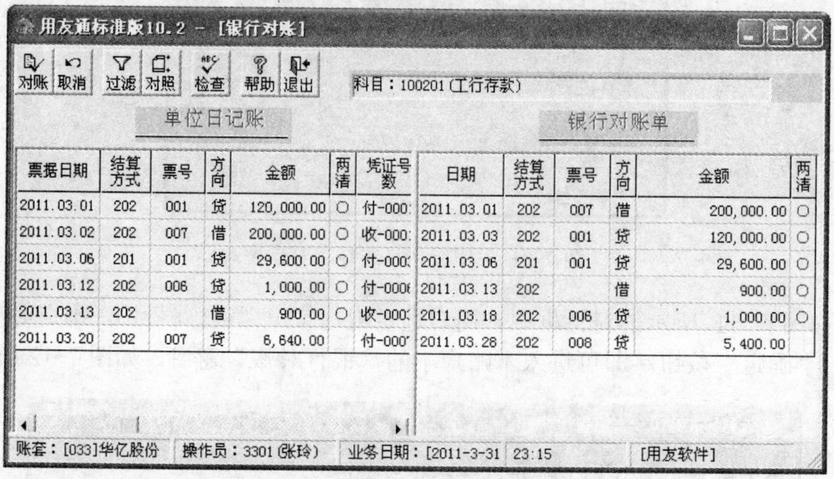

用友通标准版10.2 - [银行对账]

科目：100201(工行存款)

单位日记账　　　　　银行对账单

票据日期	结算方式	票号	方向	金额	两清	凭证号数	日期	结算方式	票号	方向	金额	两清
2011.03.01	202	001	贷	120,000.00	○	付-000	2011.03.01	202	007	借	200,000.00	○
2011.03.02	202	007	借	200,000.00	○	收-000	2011.03.03	202	001	贷	120,000.00	○
2011.03.06	201	001	贷	29,600.00	○	付-0003	2011.03.06	201	001	贷	29,600.00	○
2011.03.12	202	006	贷	1,000.00	○	付-0006	2011.03.13	202		借	900.00	○
2011.03.13	202		借	900.00	○	收-000	2011.03.18	202	006	贷	1,000.00	○
2011.03.20	202	007	贷	6,640.00	○	付-000	2011.03.28	202	008	贷	5,400.00	○

账套：[033]华亿股份　　操作员：3301(张玲)　　业务日期：[2011-3-31] 23:15　　[用友软件]

图 7-14　"自动对账"结果

④ 自动对账完毕后，在如图 7-14 所示的窗口中，用鼠标单击　按钮检查对账是否有
错，系统弹出"对账平衡检查"对话框，如图 7-15 所示，如果有错误，应进行调整。

平衡检查	单位日记账	银行对账单
收入合计	200,900.00	200,900.00
支出合计	150,600.00	150,600.00

图 7-15　"对账平衡检查"对话框

108

⑤ 取消对账标志。系统提供了两种取消对账标志的方式，即手动取消某一笔的对账标志、自动取消指定时间内的所有对账标志。手动取消勾对：双击要取消对账标志业务的"两清"区域即可。自动取消勾对：单击"取消"按钮，屏幕显示反勾对月份范围录入窗，选择要进行反对账的期间，单击"确定"按钮，系统将自动对此期间已两清的银行账取消两清标志。

子任务 27.3：银行存款余额调节表

任务目标： 掌握银行存款余额调节表的查询操作。

知识链接： 银行存款余额调节表是在企业账面余额与银行对账单余额的基础上，各自加上对方已收、本单位未收账项数额，减去对方已付、本单位未付账项数额，以调整双方余额是否一致的一种调节方法。"用友通"出纳系统提供了依据银行对账的结果自动生成"银行存款余额调节表"的功能。

操作步骤

① 在"用友通"会计信息化系统主界面中，选择"现金"下的"现金管理"—"银行账"—"银行对账"—"余额调节表查询"菜单命令，或直接在"现金银行"界面上单击"余额调节表"图标，系统弹出企业各银行账户的"银行存款余额调节表"概况表，如图7-16所示。

② 在图7-16所示的"银行存款余额调节表"概况表中，用户定位鼠标到某一开户行上，再单击查看按钮，系统就会显示出该存款户详细的调节表，如图7-18所示。

图7-16 "银行存款余额调节表"概况表

③ 如果用户想要查看各未达账项的具体情况，可以在如图7-17所示的"银行存款余额调节表"对话框中，单击详细按钮即可。

图7-17 "银行存款余额调节表"对话框

子任务 27.4：银行存款对账勾对情况查询及对账核销

任务目标：掌握银行对账勾对情况的查询操作，掌握银行对账的核销处理。

知识链接：银行对账勾对情况表用来进一步检查确认已达账项的情况；核销银行账则是把已确认的已达账项，从系统内销除，留下未达账项，作为下次银行对账的基础。

 操作步骤

① 在"用友通"会计信息系统主界面中，选择"现金"下的"现金管理"—"银行账"—"银行对账"—"查询对账勾对情况"菜单命令，或直接在"现金银行"界面上单击"勾对情况查询"图标，系统弹出企业各银行账户的"银行科目选择"对话框，如图 7-18 所示。

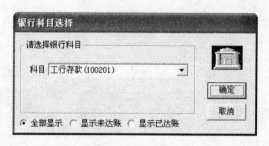

图 7-18 "银行科目选择"对话框

② 在如图 7-18 所示的对话框中，用户输入要查找的银行科目，然后选择查询方式。系统提供 3 种查询方式供选择，即显示全部、显示未达账、显示已达账，系统默认为显示全部。输入查询条件后，单击"确定"按钮，屏幕显示查询结果。用户可以通过单击银行对账单（如图 7-19（a）所示）、单位日记账（如图 7-19（b）所示）选项卡切换显示对账情况。

（a）银行对账单勾对情况

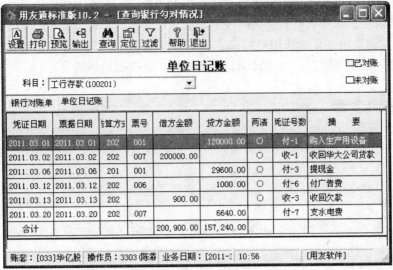

（b）单位日记账勾对情况

图 7-19 查询银行勾对情况

③ 在"用友通"会计信息系统主界面中，选择"现金"下的"现金管理"—"银行账"—"银行对账"—"核销银行账"菜单命令，或直接在"现金银行"界面上单击"核销银行账"快捷图标，系统弹出"核销银行账"对话框，如图 7-20 所示。

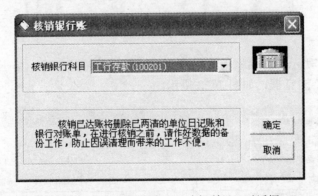

图 7-20 "核销银行账"（选择科目）对话框

④ 在图 7-20 所示的"核销银行账"对话框中，用户选择好要核销的银行账户（系统建议在核销前最好作好数据的备份），单击"确定"按钮，系统提示"是否确实要进行银行账核销"，用户确定要核定时，单击"确定"按钮（如果要放弃核销按"取消"按钮），系统就进行核销处理，最后提示"银行账核销完毕"。此时再去查询"勾对情况"，系统只显示未达的账项。

任务 28：支票管理

任务目标：掌握银行支票登记簿的处理操作。

知识链接：银行支票是由出票人签发的委托办理支票存款业务的银行或其他金融机构

在见票时无条件支付确定的金额给收款人或持票人的票据。由于支票的特殊性，银行、金融机构及单位等对支票都有一整套严格的规定，加强对支票的管理是企业、单位管理的一项重要内容。"用友通"出纳系统为用户提供了"支票登记簿"功能，用来登记支票领用情况，以供其详细登记支票领用人、领用日期、支票用途、是否报销等情况。

 操作步骤

① 在"用友通"出纳系统中，对支票管理的流程为，业务员领用支票→银行出纳员登记"支票登记簿"→业务员报销→会计填制凭证，同时录入支票相关信息→系统自动核销支票→对会计未填的支票信息，出纳员手工登记支票登记簿，系统核销。

② 在"用友通"会计信息系统主界面中，选择"现金"下的"票据管理"—"支票登记簿"菜单命令，系统弹出企业各开银行账户的"银行科目选择"对话框，如图 7-21 所示。

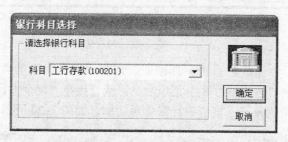

图 7-21 "银行科目选择"对话框

③ 在图 7-21 所示的对话框中，用户选择要核销的银行账户，单击"确定"按钮，系统进入"支票登记"对话框，如图 7-22 所示。

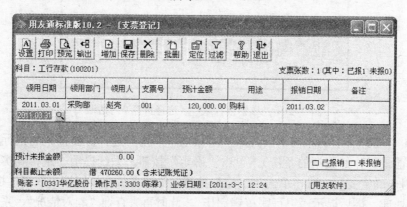

图 7-22 "支票登记"对话框

④ 用户录入支票领用日期、领用部门、领用人、支票号、备注等。而支票登记簿中的"报销日期"栏，一般是由系统自动填写的，但对于有些已报销而由于人为原因而造成系统未能自动填写报销日期的支票，用户可进行手工填写，即将鼠标光标移到报销日期栏，然后写上报销日期。

⑤ 对领用的支票，系统提供了不同的统计功能，在图 7-22 所示的对话框中，用鼠标

单击"过滤"按钮后，即可对支票按领用人或部门进行各种统计。

⑥ 对已报销的支票进行删除，只要用鼠标单击"批删"按钮后，输入需要删除已报销支票的起止日期，即可删除该期间内的已报销支票。

⑦ 要修改登记的支票，用户可将鼠标光标移到需要修改的数据项上就可以直接修改。

说明

- 只有在"会计科目"中设置银行账的科目才能使用支票登记簿。
- 当需要使用支票登记簿时，请在"结算方式"功能中对需使用支票登记簿的结算方式打上标志。
- 支票登记簿中报销日期为空时，表示该支票未报销，否则系统认为该支票已报销。已报销的支票不能进行修改。若想取消报销标志，只要将鼠标光标移到报销日期处，按空格键后删掉报销日期即可。

项目模块 8

报 表 管 理

项目功能

生成统一的会计核算报表。

设置自定义内部报表。

学习目标

学习完本项目模块，学员可以具备"用友通"会计信息化系统中"财务报表"模块的管理操作技能，这是作为采用"用友通"财务电算化系统的财务人员必备的岗位技能。

知识链接： 会计工作的目的是向单位的投资者、管理者和决策者等利益相关者提供有用的会计信息。虽然会计人员已对单位日常发生的经济业务在会计凭证和账簿中作了连续、系统、全面的记录，但这些日常核算资料仍不能集中、概括、相互联系地反映单位的经济活动及其经营成果的全貌，以满足信息使用者的需要。为此，企业需要编制各种报表，以总体反映企业在某一特定日期的账务状况，以及某一特定期间内的经营成果及现金流量等信息。

本项目模块涉及以下相关概念。

格式状态： 设计、修改、调整报表的格式、公式等，在格式状态下不能进行数据的录入、计算等操作。

数据状态： 在数据状态下管理报表的数据，如输入数据、增加或删除表页、审核、舍位平衡、做图形、汇总、合并报表等。在数据状态下不能修改报表的格式。

单元： 单元是组成报表的最小单位，单元名称由所在行、列标识。行号用数字 1～9999 表示，列标用字母 A～IU 表示。例如，D22 表示第 4 列第 22 行的那个单元。

单元类型： 规定单元所能存放的数据类型，单元有 3 种类型，数值单元、字符单元和表样单元。

组合单元： 由相邻的两个或更多的单元组成，这些单元必须是同一种单元类型，财务报表在处理报表时将组合单元视为一个单元。

区域： 由一张表页上的一组单元组成，自起点单元至终点单元是一个完整的长方形矩阵。在财务报表中，区域是二维的，最大的区域是一个二维表的所有单元（整个表页），最小的区域是一个单元。

关键字： 是游离于单元之外的特殊数据单元，可以唯一标识一个表页，用于在大量表页中快速选择表页。"用友通"财务报表共提供了 6 种的关键字，关键字的显示位置在格式状态下设置，关键字的值则在数据状态下录入，每个报表可以定义多个关键字。

制作报表流程：在"用友通"报表系统中，制作一个报表，一般要经过以下 7 个步骤。

第①步　启动财务报表，建立报表。

第②步　设计报表的格式。

第③步　定义各类公式。

第④步　报表数据处理。

第⑤步　报表图形处理。

第⑥步　打印报表。

第⑦步　退出财务报表。

在以上步骤中，第①、②、④、⑦步是必需的，因为要完成一般的报表处理，一定要有启动系统建立报表、设计格式、数据处理、退出系统这些基本过程。实际应用时，具体的操作步骤应视情况而定。

任务 29：生成统一会计核算报表

任务目标：掌握统一会计核算报表的生成操作。

调用"用友通"系统中的统一报表模板，生成当期的资产负债表及利润表。（模板目录：C:\UFSMART\UFO\ufoModel\一般企业（2007 年新会计准则）\）

知识链接："用友通"报表系统为用户预置工业、商业、事业单位等多个行业的统一的会计核算报表，用户在要生成统一会计核算报表时，只需要调用相应模板，并通过"关键字"来生成即可。

 操作步骤

① 以制表人员的身份，注册登入"用友通"总账系统。单击系统主界面左边的"财务报表"快捷图标，如图 8-1 所示，进入报表系统，系统弹出财务报表界面，如图 8-2 所示。

图 8-1　进入报表系统

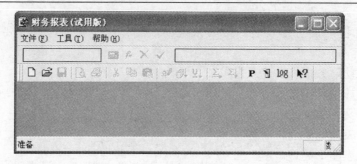

图.8-2　财务报表界面

② 在图 8-2 所示的财务报表界面上，选择"文件"下的"打开（o）…"菜单命令，或直接单击"打开"按钮，也可直接按 Ctrl+O 按钮，系统出现"打开"对话框，如图 8-3 所示。

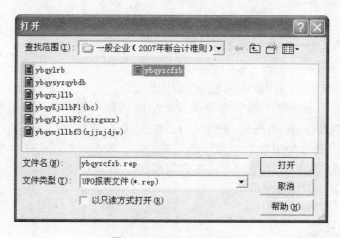

图 8-3　"打开"对话框

③ 在图 8-3 所示的对话框中，用户在"查找范围"后的方框中，把查找的位置定位到"用友通"系统的安装目录的\UFSMART\UFO\ufoModel\一般企业（2007 年新会计准则）位置上，找到"ybqyzcfzb"（"一般企业资产负债表"汉字拼音的第一个字母组合），双击鼠标，即可调出系统已有的资产负债表的模板格式，如图 8-4 所示。

④ 系统默认为"数据状态"，移动鼠标到窗口左下角红字的"数据"上，单击鼠标左键，将报表格式切换到"格式状态"。

⑤ 移动鼠标到"未分配利润"后的"期末数据"栏，即 E34 单元，双击鼠标左键，系统弹出"定义公式"对话框，如图 8-5 所示。将公式改为：QM（"4103",月,,,年,,）+ QM（"4104",月,,,年,,），单击"确认"按钮，回到报表界面。

⑥ 切换到"数据状态"，选择"数据"下的"关键字"—"录入"菜单命令，系统弹出"录入关键字"对话框，如图 8-6 所示。录入信息：单位名称"华亿股份"，年月日"2011.3.31"，录完后单击"确认"按钮，系统提示"是否重算第 1 页"的提示信息，单击"是"按钮，系统即会生成 3 月份的资产负债表，如图 8-7 所示。

⑦ 利润表的生成操作类似于资产负债表的操作，此处略过。

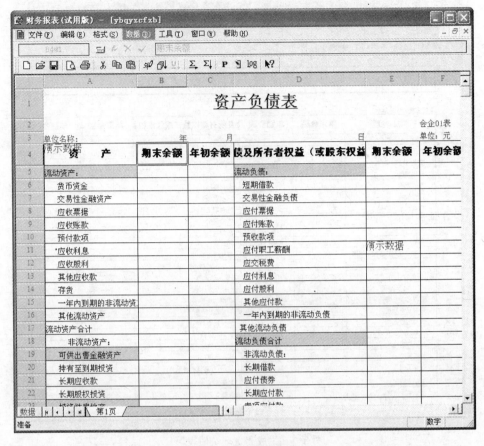

图 8-4 资产负债表

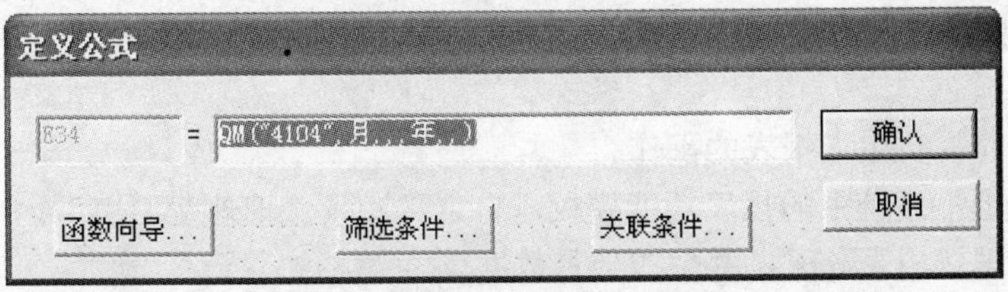

图 8-5 "定义公式"对话框

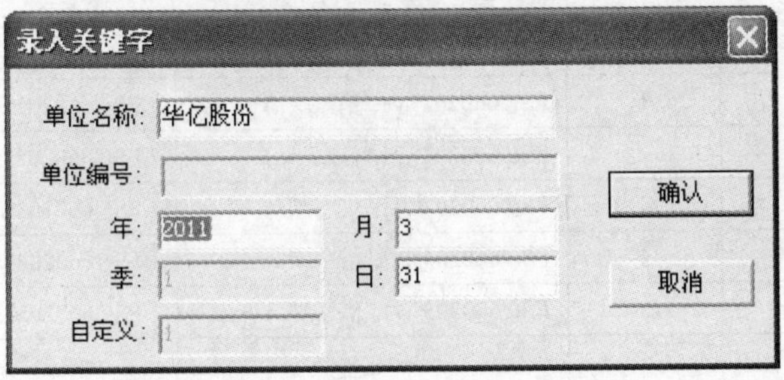

图 8-6 "录入关键字"对话框

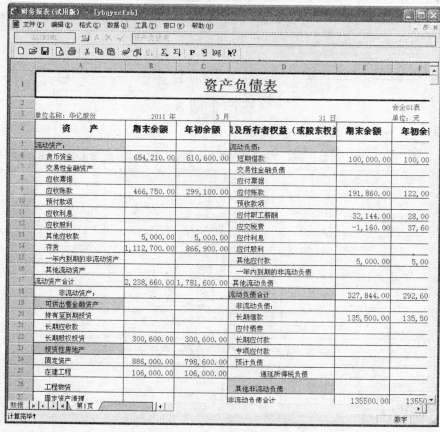

图 8-7　生成"资产负债表"

任务 30：自定义报表

任务目标：掌握自定义报表的操作。

利用"用友通"系统中的报表功能模板，自定义一张"管理费用表"，并保存在 D：盘下，命名为"管理费用表.rep"，并生成当月数据。

管理费用表

单位名称：　　　　　　　　　　年　　月　　　　　　　　　　单位：元

项　目	行　次	本　月　数	本年累计数
1.管理费用—工资及福利费	1	FS("660201",月,"借",,,"",,)	LFS("660201",月,"借",,,"",,)
2.管理费用—办公费	2	FS("660202",月,"借",,,"",,)	LFS("660202",月,"借",,,"",,)
3.管理费用—折旧费	3	FS("660203",月,"借",,,"",,)	LFS("660203",月,"借",,,"",,)
4.管理费用—差旅费	4	FS("660204",月,"借",,,"",,)	LFS("660204",月,"借",,,"",,)
5.管理费用—其他	5	FS("660205",月,"借",,,"",,)	LFS("660205",月,"借",,,"",,)
	6		
合　计		PTOTAL (C4:C8)	PTOTAL (D4:D8)

相关参数：表头采用单元整体组合，水平居中。

"单位名称"、"年"、"月"设为关键字，其中，"年"往左偏移40。

行高：第1行行高为16，第2~10行行高为8。

列宽：A列，57；B列，6；C列，30；D列，30。

"本月数"及"本年累计数"两列通过函数向导填列。

 操作步骤

① 进入报表系统，在图 8-2 所示的报表系统界面，选择"文件"下的"新建"菜单命令，或直接单击 按钮，也可直接按 Ctrl+N 按钮，系统出现一张空白的报表界面，切换到"格式状态"。

② 选中 A1:D1 区域，选择"格式"下的"组合单元"菜单命令（也可通过鼠标右键快捷菜单选择，下同），系统弹出"组合单元"对话框，如图 8-8 所示。选择"整体组合"，即可实现多单元组合。

③ 在 A2 单元和 C2 单元里，选择"数据"下的"关键字"—"设置"菜单命令，系统弹出"设置关键字"对话框，如图 8-9 所示，设定好相应的关键字。

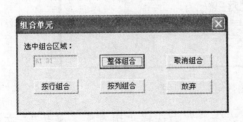
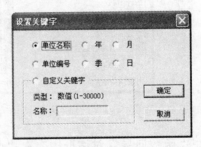

图 8-8 "组合单元"对话框　　　　　图 8-9 "设置关键字"对话框

④ 定位到 C2 单元，选择"数据"下的"关键字"—"偏移"菜单命令，系统弹出"定义关键字偏移"对话框，如图 8-10 所示，设定好相应的偏移数值。其中，正数为向右偏移，负数为向左偏移。

⑤ 录入相关的文字信息，通过"格式"下的"单元属性"菜单命令，设置各单元的数据类型、字体图案、对齐方式及边框形状等，如图 8-11 所示。

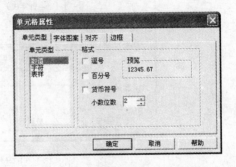

图 8-10 "定义关键字偏移"对话框　　　　图 8-11 "单元格属性"对话框

⑥ 通过"格式"下的"行高"及"列宽"菜单命令，设置各单元的行高及列宽。

⑦ 编辑公式，选择"数据"下的"编辑公式"—"单元公式"菜单命令，系统弹出"定义公式"对话框，单击左下角的"函数向导…"按钮，系统出现"函数向导"对话框，如图8-12所示。

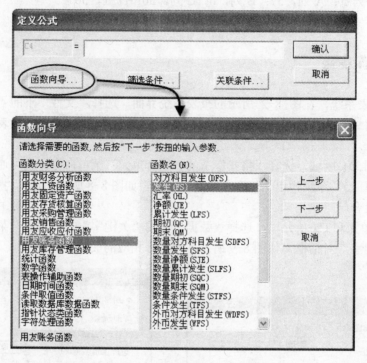

图8-12 "函数向导"对话框

⑧ 在"函数向导"对话框中，在"函数分类"中选择"用友账务函数"，在"函数名"中选择"发生（FS）"，单击"下一步"按钮，系统弹出"用友账务函数"对话框，如图8-13所示。

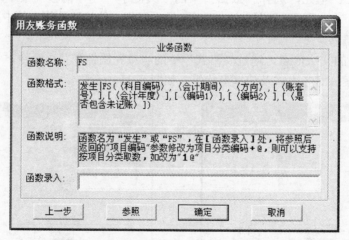

图8-13 "用友账务函数"对话框

⑨ 在图8-13所示的对话框中，单击"参照"按钮，系统弹出"账务函数"对话

框，如图 8-14 所示，用户设定相关的参数后单击"确定"按钮，完成函数的编辑。

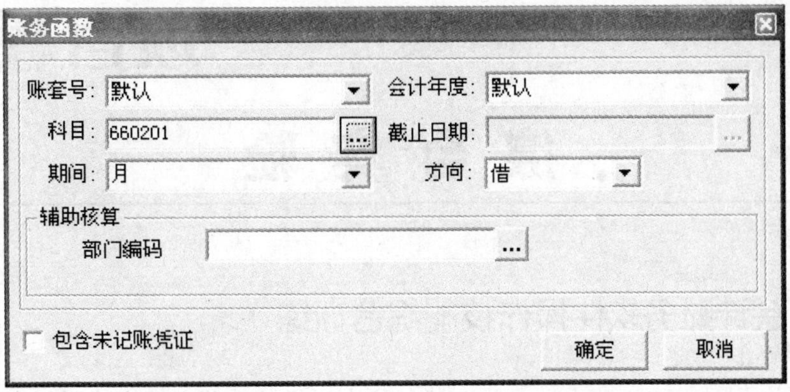

账务函数

账套号:	默认	会计年度:	默认
科目:	660201	截止日期:	
期间:	月	方向:	借

辅助核算

部门编码	

☐ 包含未记账凭证　　　　　　确定　　取消

图 8-14 "账务函数"对话框

⑩ 切换到"数据状态"，录入关键字，生成自定义报表的数据，并保存自定义报表。

项目模块 9

综 合 实 验

任务 31：会计财务软件操作技能综合训练

福建闽海公司是一个工业企业，为一般纳税人，税务局核定的增值税税率为 17%，运费抵扣率为 7%，营业税税率为 5%，城建税税率为 7%，教育费附加税率为 3%，公司运用"用友通"软件为会计电算化运行平台，根据以下资料，完成相关操作。

1. 操作员及其权限

编　号	姓　名	所属部门	角　色	权　限
3201	王强	财务部	账套主管	账套主管
3202	陈少东	财务部	总账会计	"公用目录设置"、"总账"中除了"审核凭证"和"恢复记账前状态""出纳签字"以外的所有权限
3203	李爱玲	财务部	公司出纳	"现金管理"、总账系统中"出纳签字"的权限

2. 账套数据

账套号：320

单位名称：福建闽海公司

单位简称：闽海公司

税号：350011052011688

启用会计期：2011 年 1 月

企业类型：工业

行业性质：2007 新会计准则，并按行业性质预设科目

账套主管：王强

基础信息：该企业无外币核算，进行会计业务处理时，对存货和供应商均不分类，客户进行分类。

分类编码方案：科目编码级次，4222；部门编码，1；客户分类编码，23；其他的按默认进行设置。

数据精度：该企业对存货数量、单价小数位定为 2。

3. 机构信息

（1）部门档案资料

部门编码	部门名称	部门编码	部门名称
1	经理室	4	销售部
2	行政部	5	采购部
3	财务部	6	生产部

（2）职员档案资料

职员编号	职员名称	所属部门	职员编号	职员名称	所属部门
101	何海峰	经理室	301	王强	财务部
201	朱军	行政部	302	陈少东	财务部
202	李志勇	行政部	303	李爱玲	财务部
601	张雷	生产部	401	汪宏杰	销售部
602	陈坤	生产部	402	王金成	销售部
501	张建明	采购部	502	齐晖	采购部

4．往来客户档案

（1）客户分类资料

分类编码	分类名称
01	华南地区客户
02	华东地区客户

（2）客户档案资料

客户编号	客户名称	简称	所属分类	开户银行	银行账号
001	光大科技有限公司	光大科技	01	建行	3677859
002	上海腾亿公司	上海腾亿	02	工行	6485336

（3）供应商档案资料

供应商编号	供应商名称	简称	所属分类	开户银行	银行账号
101	剑桥实业有限公司	剑桥实业	00	农行	3568778
102	广东宏达电器公司	宏达电器	00	建行	1587226

5．财务及结算信息

（1）结算方式档案资料

结算方式编码	结算方式名称	票据管理标志	结算方式编码	结算方式名称	票据管理标志
1	现金结算	否	3	汇票	否
2	支票结算	是	301	商业承兑汇票	否
201	现金支票	是	302	银行承兑汇票	否
202	转账支票	是	4	其他	否

（2）凭证类别资料

类 别 字	类 别 名 称	限 制 类 型	限 制 科 目
收	收款凭证	借方必有	1001,1002
付	付款凭证	贷方必有	1001,1002
转	转账凭证	凭证必无	1001,1002

（3）常用摘要资料

常用摘要编码	常用摘要正文	相 关 科 目
001	提现金	库存现金
002	发放工资	应付职工薪酬
003	销售商品	主营业务收入

（4）开户银行

中国工商银行城东支行　账号 3501023678-1233

（5）指定科目

"库存现金"为现金总账科目，"银行存款"为银行总账科目。

（6）会计科目资料

科目编号	科目名称	账页格式	辅助核算	方　　向	期 初 余 额
1001	库存现金	金额式	日记账	借	20 000.00
1002	银行存款	金额式	日记账、银行账	借	900 000.00
100201	工行存款	金额式	日记账、银行账	借	900 000.00
1122	应收账款	金额式	客户往来	借	59 600.00
1221	其他应收款	金额式		借	2 000.00
122101	差旅费借款	金额式	个人往来		2 000.00
122102	其他	金额式			
1231	坏账准备	金额式		贷	500.00
1403	原材料	金额式		借	330 000.00
140301	A 材料	数量金额式	数量核算（千克）	借	330 000.00 11000 千克
140302	B 材料	数量金额式	数量核算（千克）	借	
1405	库存商品	金额式		借	600 000.00
140501	甲产品	数量金额式	数量核算（件）	借	360 000.00 3000 件
140502	乙产品	数量金额式	数量核算（件）	借	240 000.00 3000 件
1471	存货跌价准备	金额式		贷	50 000.00
1601	固定资产	金额式		借	1 400 000.00
1602	累计折旧	金额式		贷	30 000.00
1604	在建工程	金额式		借	200 000.00
1605	工程物资	金额式		借	300 000.00
2202	应付账款	金额式	供应商往来	贷	22 000.00
2203	预收账款	金额式	客户往来	贷	
2211	应付职工薪酬	金额式		贷	

续表

科目编号	科目名称	账页格式	辅助核算	方向	期初余额
221101	工资	金额式		贷	
221102	职工福利费	金额式		贷	
2221	应交税费	金额式		贷	12 600.00
222101	应交增值税	金额式		贷	
22210101	进项税额	金额式		贷	
22210105	销项税额	金额式		贷	8 000.00
22210107	进项税额转出	金额式		贷	
222102	未交增值税	金额式		贷	4 600.00
222103	应交所得税	金额式		贷	
4001	实收资本	金额式		贷	4 094 500.00
4101	盈余公积	金额式		贷	52 000.00
4104	利润分配	金额式		贷	
410401	未分配利润	金额式		贷	
5001	生产成本	金额式		借	450 000.00
500101	甲产品	金额式		借	295 000.00
500102	乙产品	金额式		借	155 000.00
6602	管理费用	金额式		借	
660201	工资及附加	金额式	部门核算	借	
660202	差旅费	金额式	部门核算	借	
660203	办公费	金额式	部门核算	借	
660204	折旧费	金额式	部门核算	借	
660205	其他	金额式	部门核算	借	

注：复制 1405 科目下的明细科目到 6001 和 6401 科目下。

（7）往来账余额资料

① 应收账款明细账期初余额（客户往来）

日　期	凭证号	客　户	摘　要	方　向	金　额	业务员	票　号
2010.12.20	转字 025 号	光大科技	销售商品	借	29 600.00	汪宏杰	F012
2010.12.26	转字 032 号	上海腾亿	销售商品	借	30 000.00	王金成	F018

② 其他应收款明细账期初余额（个人往来）

日　期	凭证号	部　门	业务员	摘　要	方　向	金　额
2010.12.25	付字 019 号	销售部	汪宏杰	预支差旅费	借	2 000.00

③ 应付账款明细账期初余额（供应商往来）

日　期	凭证号	客　户	摘　要	方　向	金　额	业务员	票　号
2010.12.25	转字 038 号	剑桥实业	购买材料	贷	22 000.00	张建明	S015

6. 日常业务

运行"用友通"系统，以操作员 3202 登录系统，操作时间为 2011-01-31，填制下列凭证。

（1）2 日，收光大科技签发的用以偿还欠款的 ZZ201 号转账支票 29 600 元，款项存入工行。

（2）5 日，开出转账支票 ZZ001 号，工行存款支付产品展示会展台费 2 000 元。

（3）7 日，向上海腾亿销售甲产品 1 000 件，每件单价 180 元；乙产品 1 000 件，每件单价 120 元，计货款 300 000 元，增值税销项税 51 000 元，款项未收到。

（4）10 日，签发转账支票 ZZ002 号，工行存款支付基建工程款 200 000 元。

（5）12 日，购入机器设备一台，价值 50 000 元，增值税 85 00 元，款项以工行存款支付，转账支票 ZZ003。

（6）13 日，收到上海腾亿签发的转账支票 ZZ204 一张 351 000 元，用以抵付 7 日所欠货款。

（7）17 日向剑桥实业购入 A 材料一批（30 元/公斤，1 000 公斤），B 材料一批（10 元/公斤，1 000 公斤）已经收到进货发票，其中货款 40 000 元，进项税额 6 800 元，款项尚未支付。料已入库。

（8）17 日，汪宏杰出差归来，报销差旅费 2 580 元，超支 580 元，以现金补足（分两张凭证）。

（9）18 日，预收光大科技现金支票 XJ001 一张订货款 30 000 元，存入银行。

（10）19 日，从仓库领用 A、B 材料各一批价值 19 600 元，用以生产甲乙两种产品和其他一般耗用如下。

项　　目	A　材　料		B　材　料		合　　计	
	数量（千克）	金额（元）	数量（千克）	金额（元）	数量（千克）	金额（元）
甲产品用	100	3 000	600	6 000		9 000
乙产品用	100	3 000	300	3 000		6 000
小计	200	6 000	900	9 000		15 000

（11）22 日，开出 ZZ005 号转账支票，以工行存款偿还前欠剑桥实业货款 22 000 元。

（12）24 日，现金支付行政部办公用品费用 500 元。

（13）25 日，销售给光大科技公司甲产品 2 000 件，每件单价 180 元，税金以 17%计算，冲掉之前的预收订货款，余款计入应收账款。

（14）27 日，公司非生产部门报销办公费用。明细为，财务部，2 231 元；行政部，1 139 元；销售部，2 897 元；采购部，2 783 元。

（15）27 日，销售 A 材料一批，价值 5 000 元，税 850 元，收到工行转来的收账通知，转账支票 ZZ202。同时结转成本（150 千克）。

（16）31 日，月末库管人员盘点产品库，发现缺少 A 材料 100 千克，单位成本价为 30 元，经领导批示，将此损失列入"营业外支出"处理。

（17）31 日，分配本月工资费用，其中生产部工资 15 000 元，销售部人员工资 20 000 元，行政人员工资 10 000 元，采购部人员工资 15 000 元。

（18）31 日，收到银行账单，银行存款利息收入 8 835 元入账。

（19）31 日，签发现金支票 XJ002 号，提取现金 60 000 元，并发放工资（分两张凭证）。

（20）31 日，计提本月固定资产折旧 2 500 元，其中行政部用固定资产折旧 1 000 元，财务部用固定资产折旧 500 元，生产部用固定资产折旧 1 000 元。

（21）修改第 4 条业务生成的凭证，将金额改为 20 000 元，将支票号码改为 ZZ022。

（22）修改第 14 条业务生成的凭证，将行政部改为总经理办公室。

（23）出纳签字，运行"用友通"，以操作员 03 登录系统，对凭证进行出纳签字。

（24）审核：运行"用友通"系统，以操作员 01 登录系统，对凭证进行审核。

（25）记账：运行"用友通"系统，以操作员 01 登录系统，对所有凭证进行记账。

7．期末处理

运行"用友通"系统，以操作员 3202 登录 320 账套，进行期末相关凭证业务的处理。

（1）31 日，经查账，发现付字第 1 号业务出错，应该改为 20 000，采用红字冲销法进行更正，并对产生的凭证做出纳签字、审核、记账。

（2）31 日，利用销售成本结转定义，并生成结转已销售产品成本的凭证。

（3）31 日，利用对应结转，结转本月制造费用，对上述凭证审核记账（甲乙产品比例为 7∶3）。

（4）31 日，利用对应结转，结转本月生产成本，（结转定义为：转出科目为生产成本，转入科目为库存商品——甲产品，系数为 0.7，转入科目为库存商品——乙产品，系数为 0.3），对凭证审核记账。

（5）31 日，进行期间损益账户的结转。（期间损益结转），对凭证审核记账。

（6）31 日，利用对应结转，将本年利润金额转入未分配利润，对凭证审核记账。

（7）由操作员 3201 登录 320 账套，操作日期为 2011 年 1 月 31 日，登录后在总账中对 1 月份业务进行结账。

8．出纳管理

银行对账单资料如下表所示。

日　　期	结算方式	票　　号	借方金额	贷方金额
2011.1.3	202	ZZ201	29 600.00	
2011.1.6	202	ZZ001		2 000.00
2011.1.10	202	ZZ002		200 000.00
2011.1.13	202	ZZ003		58 500.00
2011.1.15	202	ZZ204	35 100.00	
2011.1.18	201	XJ001	30 000.00	
2011.1.25	202	ZZ005		22 000.00
2011.1.27	202	ZZ202	5 850.00	
2011.1.28	4			1 400.00

9．报表管理

（1）利用报表模板，生成当期的"资产负债表"及"利润表"。

（2）自定义一张"库存现金盘存报告表"，格式如下。

库存现金盘点报告表

单位名称：　　　　　　　　年　月　日　　　　　　　　　单位：元

实存金额	账存金额	本月数		备　注
		盘　盈	盘　亏	

盘点人（签章）：　　　　　　　　　　　出纳员（签章）：

说明：①"单位名称"、"年"、"月"、"日"设为关键字。

②"账存金额"取自"库存现金"当日的期末余额。

③"盘盈"和"盘亏"用条件函数算。